JN317352

新潮文庫

古手屋喜十　為事覚え

宇江佐真理著

新潮社版

9907

目次

古手屋喜十　為《し》事《ごと》覚え

古手屋　喜十

一

浅草寺《せんそうじ》の門前は浅草広小路と呼ばれ、参詣客《さんけいきゃく》を当て込んだ小見世《こみせ》、床見世《とこみせ》（住まいのついていない店）が軒《のき》を連ねている。大川の両岸にある両国広小路とともに、江戸の繁華な場所として有名だが、浅草広小路は特に水茶屋の多さが特徴だ。水茶屋は様子のいい茶酌女《ちゃくみむすめ》を置いて客に茶を飲ませる見世である。茶代も普通の茶店よりはるかに高い。浅草界隈《かいわい》の茶屋町《ちゃやまち》は水茶屋に因《ちな》んで名づけられたという。喜多川歌麿《きたがわうたまろ》の美人画「難波屋《なにわや》おきた」も浅草で評判の茶酌女だった。

浅草広小路には、その他に堂々とした金看板《きんかんばん》を掲げている老舗《しにせ》の薬種屋や、女性の客でいつも混んでいる絵草紙屋、わざわざ遠くから客が訪れる評判の鰻屋《うなぎや》、蕎麦屋《そばや》などもある。日中は人の往来が引きも切らないので、広小路界隈の見世は、うまみのある商売ができるようだ。

とはいえ、不景気風に吹かれて、昨日まで順調に商売をしていた見世が今日は大戸をぴたりと下ろし、夜逃げを決め込んだりするのも世の流れ。その見世に今度は別の人間が入って新たな商売を始め、もののふた月を過ぎると、まるで十年前からそこにいるかのようになじんで見える。「日乃出屋《ひのでや》」の主《あるじ》の喜十《きじゅう》は、そうした浅草広小路の景色を眺めながら暮らして来た。

喜十は田原町《たわらまち》二丁目に古着の見世を構えている。界隈の人々は喜十の商売を古着屋、もしくは古手屋《ふるてや》と呼んでいる。江戸の庶民は日々かつかつの暮らしをしているので、着る物にあまり金を掛けられない。古手屋で当座の衣服を間に合わせる者が多かった。

喜十の見世は広小路に面しておらず、脇《わき》の通りを入った所にあった。それは、古着を買う客の気持ちを慮《おもんぱか》って目立たない場所に見世を出したのではなく、元々、住まいがそこにあり、後から見世にするために造作しただけの話である。

喜十はそれまで柳原《やなぎわら》の土手で商売をしていた。古手屋は富沢町《とみざわちょう》、橘町《たちばなちょう》、村松町《むらまつちょう》、日蔭町《ひかげちょう》に多くあるが、有名なのは何んと言っても柳原の土手である。筋違橋《すじかいばし》から浅草橋へ至る南岸の土手は長さ十余町（約一キロ以上）に亘《わた》り、千軒もの古手屋が軒を連ねている。訪れる客の数も半端《はんぱ》でなく、毎日が寺のご開帳のような賑《にぎ》わいだった。喜十は女房を娶《めと》るまで年寄りの母親との二人暮らしだった。毎朝、大八車《だいはちぐるま》に品物を山と積んで柳原の土手に運び、日中は床見世で商売をし、日暮れにはまた、品物を積んで家に帰るという暮らしを続けていた。田原町から柳原の土手までの道中がとにかく遠かった。十九歳の時から十年も通い続けたのは若さのせいと、母親をとにかく食べさせなければならないという気持ちからだった。今なら、たとい大金を積まれてもまっぴらである。

柳原の見世を畳もうと考えたのは、女房のおそめに大きな理由があった。おそめは柳原の土手で自害しようとして喜十に助けられた女だった。おそめは深川の材木問屋の娘で、父親と同業の材木問屋の息子と縁談がまとまり、祝言《しゅうげん》を挙げる予定だった。ところが、父親が友人の借金を肩代わりしたことで、おそめの運命も大きく変わってしまった。当初はたかだか三十両のはずだったものが、蓋《ふた》を開けてみると三百両となっていたのだ。その時、父親の友人は姿を晦《くら》まして行方がわからないありさまだった。早い話、その友人は父親を嵌《は》めたのだ。しかし、印判をついた手前、言い訳は通らなかった。

深川で手広く商売をしていた父親だったから、当たり前なら三百両で店を潰《つぶ》すことはなかったはずだが、その後、改築工事のために材木を納めた寺が火事で丸焼けとなり、代金が回収できなくなって窮地に追い込まれた。父親は心労のあまり倒れ、ひと月後に呆気《あっけ》なくこの世を去った。

跡継ぎのおそめの兄は商売を立て直すことができず、店と住まい、材木置き場を人手に渡し、三人の子供を引き連れて嫁の実家に行ってしまった。嫁の実家は武州《ぶしゅう》で百姓をしていたので、食べるだけは事欠かずに済むだろうと夫婦で話し合ったらしい。おそめの母親は嫁の実家に身を寄せることをよしとしなかったので、おそめと二人で江戸に残った。おそめの縁談も当然のように反故《ほご》となった。それでも、母親の兄の計らいで本所の裏店《うらだな》に住むことができたのは幸いだった。母と娘は縫い物の賃仕事をしながら細々と暮らした。しかし、おそめの不運はさらに続いた。父親が亡《な》くなって半年後に母親も病《やまい》に倒れ、父親の後を追うように帰らぬ人となってしまった。もはや、生きていてもしょうがない。両親の傍《そば》に一刻も早く行きたい。おそめは死ぬことばかりを考えるようになった。

ついにある日、おそめは伯父に黙って裏店を出ると、柳原の土手を目指した。そこは日中、古手屋が商売しているが、日暮れとともに通り過ぎる者もいない寂しい場所となる。

世をはかなんだ者が土手に植わっている柳の樹《き》で首縊《くびく》りすることも多かった。おそめもそこで腰紐《こしひも》を使って自害しようと思ったのだ。

喜十はその日、見世を閉める寸前に訪れた客が品定めに時間が掛かり、いつもより遅い時刻まで床見世にいた。品物を大八車に積み込み、ようやく田原町の家に戻ろうとした時、やけに周りが騒がしくなり、ついで、首縊りだ、という声が土手の上から聞こえた。

喜十が土手を這《は》い上がると、まだうら若い娘がぐったりとその場に倒れていた。最初に気づいた者が腰紐を切ったので、すんでのところで大事には至らなかったようだ。土手にいたのは喜十の同業者ばかりだった。

どうする、どうすると喜十と仲間は相談し、やはり自身番に届けるしかないだろうと決めた時、娘は気がついて眼を開けた。

「娘さん、家はどこだね?」

喜十は、まだぼんやりしているおそめに訊《き》いた。おそめは「本所」と、蚊の鳴くような声で応《こた》えた。それなら喜十さんが送ってやったらいい、仲間は気軽に言った。自身番に届けて事情をあれこれ訊かれるのも面倒だし、浅草の竹町《たけちょう》の渡しから大川を越えれば本所になる。竹町の渡しは喜十の家からそう遠くなかったので、喜十は渋々承知して、歩くのも覚つかないおそめを大八車の後ろに乗せて浅草へ向かった。ただでさえ荷物が重いのに、その時はおそめを乗せていたので、喜十は夏でもないのに大汗をかいたものだ。

だが、浅草に近づくにつれ、おそめはすすり泣きを始め、仕舞いには大泣きとなり「どうしてあたしを助けたんですか」と涙声で恨み言を言った。

「どうしてって、自害しようとする者を止めるのは当たり前だろうが。あんたはまだ若い。これからひと花もふた花も咲かせられますよ」

喜十はそう言って慰めた。おそめは泣きながら自分の事情をぽつぽつと語った。喜十はおそめを気の毒に思う一方、自分と似た境遇の人間もいるものだと、妙なところで感心していた。喜十の父親も親戚《しんせき》の借金を肩代わりしたために家と見世を失ったのだから。喜十の父親は日本橋の檜物町《ひものちょう》で質屋をしていたのだ。

おそめは本所に帰りたくないと言った。帰ったところで待っている人がいる訳でもなし、と独り言を呟《つぶや》いた。困ったなあ、と喜十は梶棒《かじぼう》から片手を離し、指で小鬢《こびん》をぽりぽりと掻《か》いた。五つ刻《どき》（午後八時頃）を過ぎた並木町《なみきちょう》の通りは商家の軒行灯《のきあんどん》が灯《とも》り、道行く人の数も少なかった。このままおそめを本所へ帰したら、また、あらぬ考えを起こさないとも限らない。喜十は決心して「わっちの家に泊まるかい」と訊いた。おそめは、つかの間、言葉に窮した。喜十がよからぬことを考えて誘っているのではないかと、おそめは思ったらしい。喜十はそれに気づくと、余計な心配は無用だよ、うちには婆《ばあ》さんがいる、と慌《あわ》てて言い添えた。

おそめはようやく口を開いた。改めておそめの顔を見ると、色白で涼しげな眼をしている。結構な器量だった。

「いいの?」

「いいさ」

喜十は笑って応えた。

喜十の母親のおきくは、おそめを連れ帰っても、あれこれ詮索《せんさく》めいたことは言わなかった。あれ、喜十さんがおなご連れとはお珍しいと茶化すように言っただけだ。

「あい、婆さん。今夜、宿を貸してくんねェ」

喜十も冗談交じりに応えた。

おきくは土間口《どまぐち》でもじもじしているおそめを気軽に中へ招じ入れ、お腹《なか》が空《す》いただろ? 今、ご膳《ぜん》を用意するからね、とおそめに笑った。おそめはその笑顔が、まるで観音様のように見えたと、今でも思い出して言うことがあった。

その夜、床に就《つ》いたおそめは少し熱を出した。ほっとした途端に気が緩んだのだろう。

おきくは親身に看病した。ようやくおそめが静かな寝息を立てて眠ると、おきくは茶の間にいる喜十に「泊めるのはいいが、あの娘の親御さんは心配しているのじゃないかえ」と言った。

「ふた親とも死んじまったそうだ。てて親がダチの借金を肩代わりしたことがきっかけで商売が傾いたそうだ」

「おや、それはうちと同じだねえ」

「ああ。だからわっちも何んとなく見過ごすことができなくってよう、帰りたくないと泣くんで家に連れて来たのよ」

「寂しかったんだねえ」

「実はあの娘、柳原の土手で首縊りをしようとしていたのよ」

喜十は小声でおきくに言った。

「やっぱりそうかえ。首に赤い痣《あざ》ができていたから、そんなところじゃないかと察していたんだよ」

おきくは訳知り顔で応える。

「おっ母さん、この先、どうしたらいいだろうか」

「そりゃ、落ち着くまでここに置いておくしかないだろう。その内にお世話様って、さばさばした顔で出て行くかも知れないよ」

「そうだね」

喜十は応えたが、何やら心寂しい気持ちもしていた。喜十はおそめに魅《ひ》かれ始めていたのだ。

おそめは何しろ美人だ。それを鼻に掛けていない様子も奥ゆかしい。そんな娘は喜十にとって初めてだった。

喜十とおきくの予想に反して、おそめは田原町の家を出て行こうとしなかった。おきくに優しくされて、本所の裏店に帰る気になれなかったらしい。おきくはおそめの気持ちがわかっていたが、このままでよい訳がない。

伯父さんが心配しているから、一度戻ったらどうだえ、と勧めたが、おそめはうんと言わなかった。困ったねえと、おきくがため息をつくと「小母《おば》さん、あたしをこの家の子供にして」と切羽詰まった顔で縋《すが》った。

「養女を迎えるほどの家じゃないよ。伯父さんのお世話になって、それから早くお嫁に行くのがあんたの身のためだよ」

おきくは懇々と諭《さと》した。するとおそめは、はにかむような顔で「あたし、喜十さんのおかみさんになってもいい」と言った。

おきくは驚いた。自分の息子が若い娘の気を引くような男ではないと思っていたからだ。

これまでだって、色っぽい話は一度たりとも喜十の口から聞いたことがなかったのだ。

売れ残りの着物に派手な鶯色《うぐいすいろ》のたっつけ袴《ばかま》を穿《は》き、ご丁寧に同じ鶯色の投げ頭巾《ずきん》まで被《かぶ》っている。二、三年前から額がそろそろ禿《は》げ上がってきたので、それを隠す目的だった。

だいたい、喜十に初対面でよい印象を持つ人間は少ない。岡っ引きに度々引き留められるのは、喜十がうろんな男に見えるからだろう。そういうところは死んだ喜十の父親とうりふたつだった。古手屋という商売だからどうにかやって行けるが、他の商売だったら、喜十は使いものにならなかったはずだ。

「だって、あんな男だよ」

おきくは情けない顔で言った。

「縁談を決める時に迷ったら、相手の親を見たらいいと、うちのおっ母さんは言っていたの。舅姑《しゅうとしゅうとめ》になる人がいい人だったら、きっと縁談の相手もいい人だって。小母さんはとてもいい人だし、喜十さんは小母さんのことをとても大事にしている。そんなところがあたしはいいと思うの」

「こりゃ大変だ。それを聞いたら、喜十さんは腰を抜かしてしまう」

おきくは嬉《うれ》しさのあまり、泣き笑いになって言った。それから間もなく、おきくは本所のおそめの伯父に挨拶《あいさつ》に行き、ばたばたと祝言をする運びとなった。

祝言といっても、浅草広小路の会所で伯父夫婦と近所の懇意にしている人々を呼んだだけのささやかなものだった。喜十はその時二十九歳、おそめは十九歳だった。

喜十の噂《うわさ》はたちまち柳原の土手に拡《ひろ》まった。

商売仲間は木乃伊《みいら》取りが木乃伊になったと、さんざんからかった。どんな手を使ったのかと、しつこく訊《たず》ねる者もいた。喜十はつくづくいやになった。

毎度愚痴をこぼす喜十におきくは業《ごう》を煮やし「いやなら柳原で商売するのはおやめ」と、きっぱり言った。

「だって、この先、どうするんだよう。わっちが商売しなきゃ、三人とも干乾《ひぼ》しになるぜ」

喜十は口を尖《とが》らせた。

「裏の家が空き家になったんだよ。町内の大家さんが、誰か借り手はいないだろうかと、あたしに訊いていたんだよ。いい機会だ。裏の家を借りて、この家とくっつけちまえば見世と住まいができる。柳原の土手で商売する権利を誰かに売れば、造作の金もできるだろう」

「そう簡単に言うない」

喜十はむくれた。贔屓《ひいき》の客もついていたからだ。

「喜十さん、おっ姑《か》さんのおっしゃる通りにして。ここは広小路の傍ですから、きっと贔屓のお客様もつきますよ。あたし、本所の伯父さんに頼んで、安く造作してくれる大工さんを探して貰《もら》いますから」

おそめもやけに張り切っていた。あまり気が進まなかったが、喜十は女達の意見に従ったのだ。

でき上がったものは鰻《うなぎ》の寝床という表現がぴったりの、やけに細長い建物となった。

「喜十さん、裏口までがとても遠くなりましたねえ」

おそめは大袈裟《おおげさ》なため息をついた。

「その内に慣れるよ」

おきくは相変わらず呑気《のんき》なことしか言わなかった。

間口二間の日乃出屋は土間口など、ないも同然である。客が脱いだ履物を置く場所が僅《わず》かにあるだけだ。見世に入ったと同時に、客は目の前の衣紋竹《えもんだけ》に吊《つ》るした夥《おびただ》しい数の着物に圧倒される。それでも足りずに店座敷のあちこちに畳んで積み重ねた着物の山が幾つもできていた。

二

店座敷の中央に小さな手あぶりの火鉢を置き、ようやく話をできる場所を作ってあるが、初めて来た客は気づかない。

喜十が衣紋竹の着物を掻き分けて、ぬっと顔を出すと「おや、いたのかい。留守かと思った」と、客は安心したような、不安なような顔をするのがもっぱらだった。

野暮用のない時、喜十は日がな一日、見世で客の相手をしている。日乃出屋はその名の通り、明六つ（午前六時頃）に暖簾《のれん》を出し、夜は四つ（午後十時頃）まで営業していた。

よそより見世を開けている時間が長い。それが急ぎの客に重宝されていた。幸い、田原町の見世にも開店した時から客がつき、一年後には柳原の土手にいた頃より売り上げを伸ばした。見世に並べる品物をいっきに増やしたせいだ。仕入れ先は浅草東《ひがし》仲町《なかまち》の質屋「赤裏屋《あかうらや》」が最も多い。

赤裏屋の先代の主は喜十の父親と懇意にしていた男だった。檜物町の見世が潰《つぶ》れた経緯《いきさつ》も知っていて、今までも何かと力になってくれた。喜十が田原町で商売をするようになってもそれは変わらなかった。東仲町にも古手屋が何軒かあったのだが、赤裏屋は日乃出屋に率先して質流れの品を回してくれる。心底、ありがたいと、喜十は思っていた。

ただ、おそめと一緒になり、田原町の商売にも弾《はず》みがついた頃、おきくが労咳《ろうがい》に倒れ、一年寝ついて亡《な》くなってしまった。親身に看病したのはおそめだった。おきくのことを考えると、喜十は今でも目頭が熱くなる。

檜物町の見世が潰れ、浅草の田原町へ移ると、父親は酒に溺《おぼ》れるようになった。もちろん、新たに仕事をする気も起こさなかった。喜十は通っていた手習所《てならいどころ》も辞めさせられた。

父親は酒で赤く濁った眼をして「喜十、お前はもう質屋の跡継ぎじゃない。ただの素町人《すちようにん》の小倅《こせがれ》だ。わたしの人生は、もはやお仕舞いさ。お前はこれからどこぞに奉公に出てお足を稼ぐんだ。いいね」と言った。

きょうだいもいない一人っ子の喜十は腑抜《ふぬ》けとなった父親がつくづく情けなかったが、言う通りにするしかなかった。知り合いの質屋へ奉公に出たのは喜十が十二歳の時だった。

朝早くから夜遅くまで雑用に追われる毎日は辛《つら》かった。お使いの途中で家に立ち寄り、おきくの顔を見ては咽《むせ》び泣いた。おきくは何も言わず、喜十の背中を撫《な》でながら一緒に泣いてくれた。だが、それだけで喜十の気持ちは不思議に晴れた。あの時、おきくが邪険に追い返したなら、今の自分でいられたかどうか自信がなかった。父親は酒毒《しゅどく》が祟《たた》り、喜十が十六歳の時に亡くなっている。それから柳原の土手で商売ができるようになるまで、おきくと離れ離れの暮らしが続いたが、顔を出せば、おきくは必ず笑顔で迎え、辛抱するんだよ、と声を掛けてくれた。考えてみれば、おきくも苦労続きの一生だった。もう少し長生きしてくれたら、おそめと三人でお伊勢参りにでも連れて行きたいと思っていたが、それもはかない夢に終わった。おそめとは境遇が似ていたせいか、派手な喧嘩《けんか》をすることもなく、この六年をなかよく暮らして来たが、子供のできる兆《きざ》しはなかった。それが二人にとって唯一《ゆいいつ》寂しいことだった。

夜の四つ近くになると、浅草広小路界隈《かいわい》は昼間の喧騒がうそのように、しんと静まる。按摩《あんま》の笛の音と夜廻りの木戸番が鳴らす拍子木の音、それに遠くから野良犬《のらいぬ》の遠吠《とおぼ》えが微《かす》かに聞こえるだけだ。

「お前さん、そろそろ暖簾を下ろしたらどうですか。今夜はもう、お客様もお見えにならないようですし……少し冷えてきましたね。熱いのをおつけしましょうか」

店座敷で着物を畳んでいた喜十におそめが声を掛けた。

「ああ、そうして貰おうか」

喜十は立ち上がり、土間口の油障子《あぶらしょうじ》を開けた。外は濃い闇《やみ》が拡がり、日乃出屋の軒《のき》行灯《あんどん》がぼんやり地面を照らしているだけだった。春とはいえ、夜風が冷たく喜十の顔を嬲《なぶ》った。

(もうすぐ桜の季節になるが、今年も花見はできそうにないな)

喜十はぼんやりと、そんなことを考えた。

藍《あい》暖簾を下ろした時、雪駄《せった》の足音が聞こえ、ついで「店仕舞いか？」という低い声もした。

「あい、今、暖簾を下ろしたところですよ」

喜十は応えたが、つかの間、煩《わずら》わしい気もした。ほどなく喜十の目の前に現れたのは縞《しま》の着物に対《つい》の羽織を着ているが、着物は尻端折《しりつぱしよ》りして、下は千草《ちぐさ》の股引《ももひ》きを見せた商家の手代風の男だった。背中に荷物の入った風呂敷《ふろしき》包みを背負っている。日中はその恰好《かっこう》に菅笠《すげがさ》を被る。だが、それは男の仮の姿だ。

男は北町奉行所隠密廻《おんみつまわ》り同心の上遠野平蔵《かとのへいぞう》である。上遠野は今年四十五歳だから、喜十より十ほど年上である。隠密廻りは市中を見廻る時、変装することが多い。激務ではあるが、上に与力《よりき》がいないので仕事の進め方に自由が利《き》く。

「ちょいと邪魔してよいか」

上遠野は扁平《へんぺい》な顔に阿《おもね》るような色を滲《にじ》ませた。一目見たら忘れられない顔というのがあるが、上遠野の場合、一目だけではなかなか覚えられない顔だ。顎《あご》の鰓《えら》が張って意志強固なところは窺《うかが》えるが、眼が細く、眉毛《まゆげ》は薄い。胡坐《あぐら》をかいた鼻の下に薄い唇がある。

どこと言って特徴がなく、人込みに易々《やすやす》と溶け込んでしまう顔だ。中肉中背の体型も江戸の男達に多いもので、事件の探索をする隠密廻り同心という職業にはうってつけだ。上遠野の仕事は探索が主で、下手人の捕縛《ほばく》は別の同心に任せるという。

「どうぞ、どうぞ」

喜十は口だけは如才なく応《こた》えて上遠野を見世の中へ促《うなが》し、奥にいるおそめに声を掛けた。

「おそめ、旦那《だんな》がいらしたよ」

おそめは返事をしたようだが喜十の耳には聞こえない。おそめは柳原の土手で首を縊《くく》った時、声帯を傷つけたらしく、掠《かす》れた声しか出せなくなった。今では大きな声も無理だった。反対に喜十は、声だけは甲高い。おそめと話をしていても他人からは喜十ばかりが喋《しゃべ》っているように聞こえるらしい。

「へい、さようで。わっちは長い独り言を喋っておりやす、なんて、んな訳、ねェでしょうが」

喜十はひょうきんに言って人を笑わせる。

口まめなことも古手屋の商売には必要な技だった。

「まあ、旦那。お務めご苦労様でございます。ちょうど今、お酒の燗《かん》をつけておりました。お肴《さかな》は何もありませんけれど、よろしかったらおつき合い下さいまし。うちの人も喜びますよ」

おそめは店座敷に出て来て、愛想よく言った。

(喜んじゃいない。わっちは一人で飲みたかったんだ)

喜十は言えない言葉を胸で呟《つぶや》いた。

「お内儀《かみ》。相変わらず美しいのう。それではせっかくでござるゆえ、馳走《ちそう》に相《あい》なる」

上遠野も上機嫌で応える。

「はい、どうぞご遠慮なく。お前さん、戸締りをしてね」

「だって、旦那がお帰りになる時は……」

喜十はもごもごと言う。

「もう町木戸は閉じておりますし、これから八丁堀へお戻りになるのも骨でございますよ」

「そ、そうだな。お内儀、それではまた、ひと晩世話になる」

上遠野は安心して雪駄を脱いだ。喜十は短い吐息をついて上遠野の雪駄を揃《そろ》え、大戸を下ろした。

喜十が戸締りを済ませて茶の間に行くと、上遠野は寝間着に着替えていた。古手屋なので不意の客が訪れても着替えは幾らでもある。

喜十はさすがに寝間着姿にならず、鉄紺色の薄い袷《あわせ》に締めていた黒い前垂れを外しただけだ。

田原町で商売をするようになってからは、妙ちきりんな恰好をしなくなった。投げ頭巾も被らない。普通にして、とおそめに言われたからだ。

火鉢には土鍋《どなべ》が載っていた。おそめは湯豆腐を用意したらしい。豆腐は喜十の好物だった。

晩めしの時分はまだ見世をやっているので、喜十は酒を飲まない。見世を閉めてから寝酒代わりにゆっくり飲む。

「上遠野様、お酒の後は冷やごはんしかございませんので、お茶漬けでよろしいでしょうか」

「お内儀、雑作《ぞうさ》を掛けるのう。お内儀の茶漬けはいつも楽しみにしておる」

「畏《おそ》れ入ります」

おそめは満面の笑みで上遠野に酌《しゃく》をする。おっとっと。猪口《ちょこ》から酒が溢《あふ》れそうなそぶりをして上遠野はおそめの酌を受けた。

「それで、本日はどのような野暮用でお出ましになったんで?」

喜十は自分も酌をされ、ひと口飲んでから訊《き》いた。

「野暮用とは、ずい分な言い方だのう。わしの仕事に野暮用なるものはない」

上遠野は、むっとした様子で言う。

「そうですよ、お前さん。上遠野様に失礼ですよ。上遠野様は江戸の人々が安心して暮らせるように、日々、お務めに励んでいらっしゃるのですから」

おそめも上遠野の肩を持つように口を挟んだ。

「まことにお内儀の言う通りでござる」

「そりゃあ、旦那はお務めですから、色々と事件のことをお調べなさる。わっちもご立派だと常々思っておりやす。しかしですねえ、今までだって、おろく（死体）が着ていた着物がどこから出たか探せだの、現場に落ちていた血のついた手拭《てぬぐ》いは買ったものなのか、貰い物なのか突き留めろだの、難しいことばかりわっちにご命じになったじゃありやせんか。わっちは旦那の小者《こもの》（手下）じゃありやせん。ただの古手屋の親仁《おやじ》ですよ」

喜十が思わず不平を洩《も》らしたのは、それればかりではなかった。変装のために上遠野は日乃出屋で衣裳《いしょう》を調《ととの》えるのだが、その代金をまともに払ってくれないのだ。商家でたまたま袖《そで》の下を受け取った時に一朱（一両の十六分の一）か二朱を置いていくが、それだけではとても間に合わない。上遠野へのツケはすでに十両を超えていた。

「すまぬのう」

上遠野は、さしてすまなそうな顔でもなく、低い声で詫《わ》びを言った。

「お前さん、上遠野様はお前さんを頼りにしていらっしゃるのですよ。奉行所のお役人に頼りにされるなんて、お前さんは果報者ですよ。ここは喜んでお力になって差し上げなきゃ」

おそめの言葉に上遠野は勇気百倍とばかり「お内儀はよいことを言うのう。わしは喜十に十手と鑑札《かんさつ》を持たせてもいいと思うておるのだ。したが喜十は、それはいらぬと木で鼻を括《くく》ったように断った。わしの立つ瀬も浮かぶ瀬もないわ。喜十はそこらの岡っ引きより、よほど腕のある男だ。だからわしも、のこのこ、ここへ訪れるのだ。な、喜十。わしの気持ちをわかってくれ」と、上遠野は泣き出さんばかりの態《てい》で縋《すが》る。その手には乗らないぞ、と喜十は臍《へそ》に力を込めた。

おそめが小鉢に豆腐を盛るため横を向いた時、上遠野は小粒の歯を見せて卑屈な笑みを洩らしたのがわかった。喰えない男である。

湯豆腐を肴に三合の酒を飲み干した後、上遠野は塩鮭《しおざけ》の身をまぶした茶漬けをうまそうに平らげた。

おそめが食後の茶を出すと、喜十は「明日も早いから、お前は先に休みなさい」とおそめに言った。上遠野も、わしに構わず、どうぞお休みなされと勧めた。

おそめは恐縮していたが、喜十と上遠野の話はいつ終わるかわからないので、それではお先に休ませていただきますと頭を下げて寝間へ引き上げた。

おそめが二階の寝間に上がった音を確かめると、上遠野はおもむろに風呂敷に包んだ荷を引き寄せた。中は小ぶりの柳行李《やなぎごうり》である。

柳行李の蓋《ふた》を開け、上遠野は油紙に包まれた物を取り出した。麻紐《あさひも》で括ってあるが、中身は着物だろう。喜十は当たりをつける。

果たして中から現れたのは黄八丈《きはちじょう》の女物の着物だった。襟《えり》に汚れを防ぐために黒八《くろはち》を掛けているところは、町家の娘の持ち物らしい。

だが、着物の裏にべっとりと血の痕《あと》が残っていた。血はこげ茶色に変色していたが、金気《かなけ》臭さが立ち昇った。

「これは?」

喜十は掌《て》でそっと鼻先を覆《おお》いながら訊いた。

「紙屑拾《かみくずひろ》いがごみ溜《た》めを漁《あさ》って見つけたものだ。血がついていなけりゃ、紙屑拾いは質屋か古手屋に曲げただろうよ。だが、この血の痕が尋常ではない。それで自身番に届けて来たのだ。もしかして殺しがあったやも知れぬ」

紙屑拾いは道端に捨てられた紙の類《たぐい》を拾って紙屋に売る者を指す。紙屋はそれを漉《す》き直し、厠《かわや》の落とし紙として新たに売るのだ。

「死人《しびと》は見つかっているんですかい」

喜十は血の痕より黄八丈の生地に眼をやりながら訊く。結構な上物である。これを身につけていたとすれば、それなりの家の娘だろう。

「いいや、まだそれらしい死人は出ていない」

「紙屑拾いがこれを拾った場所はどこなんで？」

「うむ。花川戸《はなかわど》の裏店のごみ溜めだ」

花川戸町は大川の川岸にある町で吾妻橋《あづまばし》の近くでもある。その付近には妾宅《しょうたく》や船宿も並んでいるが、大長屋、戸沢《とざわ》長屋と呼ばれる貧民窟《ひんみんくつ》も傍にある。持ち主の特定が難しかった。

「本所に住んでいる者が吾妻橋を渡って花川戸にやって来て、着物を捨てたってことも考えられやすぜ」

喜十はふと思いついて言う。

「それはわしも考えた。この二、三日、本所で聞き込みをしたが、それらしい娘は浮かんで来なかったのだ」

「すると、後は浅草近辺ですかい」

「そういうことになる」

喜十は煤《すす》けた天井を睨《にら》んで思案顔になった。

さて、どこから手をつけてよいものやら。

目ぼしい商家を当たり、行方知れずになっている娘はいないか、あるいは黄八丈の着物を着ていた娘を知らないかと訊いて廻るしかないだろう。

「わしは明日、花川戸周辺を探ってみるつもりだ。お前は広小路周辺の聞き込みをしてくれ」

上遠野の言葉に喜十はすぐに返事をしなかった。上遠野はちッと舌打ちをすると、柳行李を探り、年季の入った巾着《きんちゃく》の中から一朱を取り出した。ほれっという感じで喜十の膝《ひざ》の前に放る。喜十が不服そうに上遠野を見ると、また舌打ちをして「欲深な男よ」と、いまいましそうに言って、もう一朱を渋々出した。

喜十は、手間賃がほしくて上遠野の仕事を助《す》ける訳ではないのだ。そうしなければ上遠野のツケが減らないからだ。

「承知致しやした」

喜十は慇懃《いんぎん》に応えた。ほっと安心した上遠野は「さ、わしはもう寝る」と言って、後ろの襖《ふすま》を開けた。茶の間と続いている部屋には蒲団《ふとん》が用意されていた。

「お休みなさいやし」

喜十は低く言った。襖を閉じて、中で身じろぎする気配はあったが、すぐに軽い鼾《いびき》が聞こえ始めた。寝つきのいい男である。

喜十は黄八丈の着物をもう一度眺めると、油紙に包んで麻紐を掛けた。行灯《あんどん》の灯芯《とうしん》がジジと焦《こ》げる音を立てた。夜もかなり更《ふ》けた。喜十は行灯を吹き消してから二階の寝間へゆっくりと上がった。

三

翌朝、喜十が目覚めた時、上遠野の姿はなかった。昨日、奉行所に戻っていなかったので、朝の申し送りには顔を出さねばならぬと、早めに出かけたらしい。

「相変わらず上遠野様は疾風《はやて》のようなお方ですね。さっと現れて、さっといなくなってしまう」

おそめは愉快そうに言った。

朝めしを喰い、店座敷の品物を整えると、喜十は「ちょっと、赤裏屋さんに行ってくるよ」とおそめに言った。

「行ってらっしゃいませ」

おそめは心得顔で応える。おそめに店番を任せても心配することはなかった。おそめは見世にある品物の値段ばかりでなく、それが持ち込まれた経緯までよく覚えていた。もの覚えが実によい女だ。

喜十は日乃出屋から、一旦浅草広小路に出て、東に向かって二本目の小路を曲がった。

そこに赤裏屋の出入り口がある。見るからに陰気な佇《たたず》まいだが、おおかたの質屋はこんなものである。

喜十が暖簾《のれん》を掻《か》き分けて中へ入ると「おや、喜十さん。本日はやけにお早いお越しで」と、赤裏屋の番頭の民助《たみすけ》が声を掛けた。民助は上遠野と同じぐらいの年齢で、小僧の時から赤裏屋に奉公に上がり、かれこれ三十年以上も経《た》つ。真面目《まじめ》な男である。

「今日は商売の話で来たんじゃねェんですよ。ちょいと訊きてェことがありやして」

「訊きたいこととは何んでしょうか」

民助は怪訝《けげん》な眼をして喜十を見た。

「最近、黄八丈の着物を扱ったことはありやせんかい。いや、黄八丈の着物を着た娘に心当たりはござんせんかい」

「黄八丈ねえ……女物の？」

「あい。まがい物じゃなくて、本物の黄八丈ですよ」

そう応《こた》えたが、喜十はあの黄八丈が結構、長い間使用されていたものだったと、思い出した。

「最近じゃありませんが、三年前に、ほら、浅草広小路で葉茶屋《はぢゃや》をしていた駿河屋《するがや》さんを覚えておりませんか」

「あい、覚えておりやす。番頭が見世の金を持ってトンズラして、それから駿河屋さんはいけなくなった」

「そうそう、その駿河屋さんですよ。お気の毒に大晦日《おおみそか》の前に夜逃げをしてしまい、今はどちらにいらっしゃるのか、とんとわかりませんが……で、その駿河屋さんのお内儀《かみ》さんが、夜逃げをするちょっと前に着物と帯をかなり纏《まと》めてうちへ持ち込んだことがございます。そうですねえ、路銀の足しにでもするおつもりだったんでしょう。その中に黄八丈が混ざっておりました」

「それは駿河屋の娘さんの持ち物だったんですかい？」

「いいえ、お内儀さんの物でした。お内儀さんと言っても、まだ二十五、六でしたから、黄八丈をお召しになってもおかしくありませんでしたよ。でもまあ、色がぱっと鮮やかでしたから、普段はお召しになっていなかったのでしょう」

「で、それは結局、請《う》け出されることもなく、質流れとなったのですね」

「おっしゃる通りですよ」

「それから、その品物はどこへ？　うちの見世に廻って来た覚えはありやせんが」

「鶴亀屋《つるかめや》に廻りましたよ」

民助はうんざりした顔で応えた。鶴亀屋はあこぎな商売をする古手屋で有名だった。並木町に見世を構えている。品物の値段は喜十の見世より三割ほど高い。買い入れもしているので、切羽詰まった客は質屋に曲げるより鶴亀屋を頼るのだ。当然、客は安く買い叩《たた》かれる。仕入れが安い上に売り値が高いのでは儲《もう》かるのも道理である。並べてある品物が新品に近いので、それなりに客はついていた。

「もうねえ、あそこは手がつけられませんよ。うちの見世へ仕入れに来る時だって、目ぼしい品物を手当たり次第にかっさらって、支払う代金は雀《すずめ》の涙ですよ。腹は立ちますが、使われている手代番頭が、これまた質《たち》の悪い連中が揃《そろ》っているので、下手に逆《さか》らったら後で何をされるか知れたものじゃありません。それで旦那《だんな》様も黙っているのですよ」

民助はいまいましそうに言った。

「てェへんですね」

喜十は気の毒そうに民助を見た。喜十も上遠野から迷惑を蒙《こうむ》っているが、鶴亀屋よりましかと思う。

「鶴亀屋で話を聞くか……しかし、気が重いなあ」

喜十は薄くなった月代《さかやき》を撫《な》で上げて独り言のように呟《つぶや》いた。

「日中は人目がありますから大丈夫ですよ」

民助は慰めにもならないことを言う。

「そうだといいんですがね」

喜十は苦笑いして応えた。

並木町の鶴亀屋は喜十の見世より間口が広く、見世前に笹竹《ささたけ》の植木鉢などを置き、粋《いき》をきどっている。店座敷の畳も新しく品物も客の気を引くように飾りつけてある。全体に古手屋とは思えない風情《ふぜい》だ。

しかし、主の亀蔵は長い揉《も》み上げも鬱陶《うっとう》しい渡世人のような男である。うまい物を喰いたいだけ喰い、飲みたいだけ酒を飲む亀蔵の身体《からだ》は相撲取りとも見まごうほどだ。

「ごめんよ」

訪《おとな》いを告げて中へ入ると、亀蔵は店座敷で客の相手をしているところだった。その客は古着を買いに来た様子にも見えなかった。所帯やつれの目立つ中年の女だった。

「これは日乃出屋さん、お珍しい。お宅はご繁昌《はんじょう》の様子で結構ですな」

亀蔵は皮肉な愛想を言った。ふと気がつけば、亀蔵が着物の上に羽織っていた半纏《はんてん》も黄八丈の類だった。

「お仕事中、恐縮でございやす。ちょいとお訊《たず》ねしてェことがありやして……お忙しいようでしたら出直しやすが」

喜十はおそるおそる言う。

「なあに。こちらのお客様との話は済んだところです。おすみさん、そういうことでよろしいですかな」

亀蔵は傍の女に小意地の悪い眼を向けた。

「よろしゅうございます」

おすみと呼ばれた女は低い声で応えた。その拍子に亀蔵は熊手《くまで》のような手をぱんぱんと叩き、奥の若い者に合図した。亀蔵に劣らず人相の悪い男が「どうぞ、こちらへ」と促す。

喜十は何んだかいやな感じがした。亀蔵はおすみと、どんな話をつけたのだろうか。喜十は、ひどく気になったが、今はそれよりも黄八丈の着物を調べる方が先だと思い直した。

「相変わらず、見世の中はきれえにしておりやすね。見習いてェものですよ」

おすみという女が見世と内所（経営者の居室）を隔てる間仕切《まじき》りの暖簾の中に入って行くと、喜十は店座敷の縁《ふち》に遠慮がちに腰を下ろして言った。若い者がすかさず茶を運んで来た。奉公人の躾《しつけ》は行き届いているようだ。

鶴亀屋はなぜか女の奉公人を置いていなかった。

「お前ェさんの見世は全体ェ、品物が多過ぎる。柳原の土手にいた頃と同じように商売ェをしているのも曲《きょく》がねェ。だが、お前ェさんがそれでいいなら、おれが言うのも余計なお節介よ。そうだろ？　ま、品物をあれこれ引っ繰り返さなきゃ気の済まねェ客もいるから、お前ェさんの見世は、あれはあれでいいのかも知れねェよ」

亀蔵は他人事《ひとごと》なので適当に言う。喜十は「へへ、畏《おそ》れ入りやす」と、苦笑いした。

「ところで、お前ェさんの訊ねてェこととは何んでござんしょう」

亀蔵は真顔になって続けた。後ろに控えている若い者の表情にも心なしか緊張が走ったように感じられた。

「三年ほど前、赤裏屋から黄八丈の着物を仕入れたことを覚えちゃおりやせんかい」

「黄八丈？　これですかい？」

亀蔵は自分の半纏に視線を向けた。亀蔵の半纏は同じ黄八丈でも樺色《かばいろ》が主体の鳶《とび》八丈と呼ばれるものである。色合が黄八丈に比べて地味だ。鳥も通わぬと言われる八丈島で生産される絹織物は、島で自生する草木を染料に使い、黄色、樺色、黒色の種類があり、それぞれに黄八丈、鳶八丈、黒八丈と呼ばれている。縦縞《たてじま》や格子柄《こうしがら》に織り上げると粋な風情を醸《かも》し出す。今では将軍家の御用品として献上されてもいる。だが、近年、幕府の奢侈《しゃし》禁止令により、町人は表向き絹織物を使用することができなくなった。亀蔵はお上の触れなど屁《へ》とも思わない男なので、鳶八丈の半纏の下の着物もしこいことした紬《つむぎ》だった。

待てよ。それなら赤裏屋から流れた黄八丈を手にした女は土地の岡っ引きの目に留まらなかったのだろうか。相手が亀蔵なら岡っ引きも見て見ぬふりをするだろうが。

「これじゃねェんですかい」

亀蔵は思案顔した喜十に話を急《せ》かす。

「旦那のは鳶八丈でござんすよ。わっちが探しているのは娘や若いかみさんが好むような、ちょいと派手な黄八丈です」

「三年前ェのことなんざ……昨日のこともろくに覚えていねェのによ。で、その黄八丈がどうかしやしたかい」

「誰に売ったか知りてェんですよ。なに、ちょいと人捜しを頼まれたもんで」

「人捜しねえ。さっぱり心当たりがねェなあ。お前ェさん、いつから岡っ引きになんなすった」

亀蔵は皮肉な調子で訊く。

「そんなんじゃねェですよ。旦那が覚えていなさらねェんじゃ、仕方がありやせん。よそを当たってみます。わっちの見世はごたごたと纏まりがありやせんが、売った品物のことは帳面につけておりやすよ。三年前どころか十年前の品物のことも帳面を見ればわかりやす。お上に運上金《うんじようきん》（税金）を差し上げる手前もありやすんで」

喜十はちくりと皮肉を返した。

「おれの見世が運上金を払ってねェとでも言いてェのか」

亀蔵の顔に僅《わず》かに朱が差した。

「そんなこたァ、言っておりやせん。わっちはただ、赤裏屋から流れた黄八丈の行方を知りてェだけですよ……お邪魔致しやした。ごめんなすって」

喜十はそそくさと暇乞《いとまご》いして鶴亀屋を出た。

外に出て安堵《あんど》の吐息が思わず出た。亀蔵に訊いたところで、まともな答えが返って来るはずがなかった。無駄足だったと喜十は後悔していた。

喜十は浅草広小路に戻り、目についた「桔梗屋《ききようや》」という水茶屋に入った。赤い毛氈《もうせん》を敷いた床几《しようぎ》に腰を下ろすと、茶酌女《ちやくみむすめ》が満面の笑みで「まあ、日乃出屋の旦那。お越しなさいまし」と言った。確かおみよという名前だった。年は十八だったか。

「渋い煎茶《せんちゃ》をくれ」

仏頂面《ぶっちょうづら》で言うと、おみよは、さも可笑《おか》しそうに笑い「渋い煎茶、一丁」と声を張り上げた。おみよの着物は縹色《はなだいろ》（薄い藍色《あいいろ》）の地に白い大きなぼたんの花柄が入った春着だった。それに鶯色《うぐいすいろ》の帯を合わせている。その帯にもぼたんの花の柄が入っていた。見た目はそう派手に見えないが、茜色《あかねいろ》の襷《たすき》と前垂れを締めると、全体が華やかになる。しかし、その着物も帯も新品で買うとしたら、結構な値であろう。

「渋い煎茶でござんすよ。どうぞ、旦那」

おみよは媚《こ》びた眼をして喜十の前に湯呑《ゆのみ》を差し出した。眼も鼻も大きく、ついでに口まででかい。おみよは着る物より、その顔が一番派手だった。

「ありがとよ。姐《ねえ》さんの着物はいいねえ。どこで誂《あつら》えたんだい」

「あら、これですか？　ほんの寝間着ですよ」

「こいつは豪気なことを言う。ここの給金はさぞかし高いのだろうねえ」

そう言うと、おみよは途端に顔をしかめた。

「旦那、ご冗談を。茶酌女の給金なんて人が思うほど高かありませんよ。二、三日同じ着物を着ていると、見世の旦那に嫌味を言われるんですよ。桔梗屋の茶酌女は着たきり雀かいって。だからあたしら、手持ちの着物を取っかえ引っかえして、目先を変えるように努めているんですよ。でも、それにも限りがございますから、古手屋でよさそうな物を探して来るんですよ」

その古手屋は自分の見世じゃないと、喜十は内心で思ったが、余計なことは言わなかった。

「そうかい。色々苦労があるんだね」

喜十は口をすぼめて茶を飲んだ。思ったほど渋くなかった。吟味した茶葉を使っているからだろう。

「うまい茶だ」

そう言うと、おみよは嬉《うれ》しそうに笑った。

おみよは盆を胸に抱えたまま、喜十の前から動こうとしなかった。客がそう入っていなかったので退屈していた様子でもあった。いや、祝儀《しゅうぎ》がほしかったのだろう。喜十はおみよの手に、そっと鐚銭《びたせん》を握らせた。おみよは、ひょいと頭を下げた。

「着物で思い出したんだが、この近所で黄八丈を着ていた娘を知らないかい」

喜十は、さり気ない口調で訊いた。

「黄八丈ですか？　今時のおなごはあまり黄八丈の着物は着ませんよ。ひと昔前は流行していたようですけど……あ、でも、おなごの中には黒地の着物がやけに好きな方や、えんじ色の着物を見ると、ふらふらと手を出す方もいらっしゃいますから、黄八丈もそうなのかしらねえ」

おみよは茶釜《ちゃがま》の傍にいる朋輩《ほうばい》の茶酌女に黄八丈のことを訊いた。朋輩の茶酌女は、おみよより年上のおかねという名だ。こちらは一重瞼《ひとえまぶた》の涼しい眼をしており、鼻も細い。

「初音屋《はつねや》のおきみさんが、そう言えば黄八丈がお好みだったみたいですよ」

おかねが思い出して言った。

「初音屋って、蛇骨長屋《じゃこつながや》の向かいにある水茶屋のことかい」

喜十は色めき立った。伝法院《でんぽういん》の池のほとりに蛇骨長屋はある。いや、蛇骨長屋は誓《せい》願寺《がんじ》の門前町の通りに面して建っているので、その裏手が伝法院の池になる。その昔、井戸から蛇の骨が見つかったことから蛇骨長屋と名づけられた大きな長屋である。だが、花川戸町にある戸沢長屋と遜色《そんしょく》のない貧民窟《ひんみんくつ》だった。

蛇骨長屋の向かいにも水茶屋が何軒か並んでいて、初音屋もそのひとつだった。

「ええ。でもおきみさん、もうお勤めはしていないみたいですよ。病のおっ母さんを抱えていたから、別の所へ鞍替《くらが》えしたのかしらね。近頃、さっぱり姿を見ていませんもの」

おかねは意味深長な笑みを洩《も》らした。

「別の所ってどこだい？」

「旦那、茶酌女はね、岡場所に転ぶ人も多いのですよ。でも、岡場所に行ったら、人生お仕舞いじゃないですか。ずるずると泥沼に嵌《はま》って、身動き取れない。あたしらは、そうならないようにがんばっているんですよ。いえね、おきみさんがそうだとは決して言っておりませんけれど」

おみよは取り繕《つくろ》うように口を挟んだ。

「なるほど」

おきみという娘の素性を探れば何か手懸かりが摑《つか》めそうな気がした。

「それで、そのおきみという娘はいつも黄八丈の着物を着ていたんだね」

喜十は確かめるように娘達に訊いた。

「ええ、とことん好きだったのでしょうね。いつも黄八丈を着ていましたもの」

おかねはしみじみと言った。色気で客の気を引く茶酌女だから、土地の岡っ引きも、おきみが黄八丈の着物を着ていても大目に見ていたのだろうか。喜十は、どこか腑《ふ》に落ちなかった。

喜十は茶代二十四文を置いて立ち上がった。初音屋へ廻るつもりだった。

四

喜十は昼を少し過ぎて日乃出屋に戻った。

「お前さん、お昼は召し上がりました？」

おそめは心配そうに訊く。

「喰っちゃいないが、水茶屋で茶を飲み過ぎて腹ががぼがぼだ。今日は昼抜きにするよ」

「あらそうですか。紋付羽織が一枚売れましたよ。裏の大工の留《とめ》さんが親戚《しんせき》の息子さんの祝言に呼ばれたんですって。あたし、留さんに、お宅の紋は何んですかって訊いたんですよ。そうしたら知らないって。紋みたいなしち面倒なものを知ってる訳がないって。こちとら、浅草生まれだいって意気がるの。あたし、お腹《なか》を抱えて笑ってしまいましたよ。それで無難な桐《きり》の紋の羽織にしたんですよ」

「呆《あき》れた奴《やつ》だな」

喜十は苦笑して鼻を鳴らした。

「それから、ちょっといやな話を聞いてしまいましたよ」

おそめは表情を曇らせた。

「いやな話?」

「ええ。蛇骨長屋の共同の厠《かわや》に赤ん坊が産み落とされていたんですって」

「……」

「葛西村《かさいむら》からお百姓さんが肥汲《こえく》みに来てわかったみたいですよ。まだ、臍《へそ》の緒《お》がついていたんですって。ひどいことをする人もいるのね。こっちは子供がほしくてたまらないのに。いらない子供だったら、あたしが貰《もら》いたかった」

「留さんは産み落とした女に心当たりがあるようなことを言っていなかったかい」

「肥汲みが来る半月前頃、近くの水茶屋に奉公している娘さんがうろうろしていたようですけど、その娘さんは別にお腹が大きい様子でもなかったんですって。でも、それを言っていたのは長屋の男の人だそうですよ。男の人って案外気づかないのよね、お腹が大きいかどうかなんて」

その娘はおきみに間違いないだろう。黄八丈の着物についていた夥《おびただ》しい血の痕《あと》は、出産した際のものだろう。おきみの相手は誰だろう。こっそり産み落としたところからすると、公《おおやけ》にできない男だったのだ。

初音屋に聞き込みに行くと、おきみは一年ほど前に見世を辞めていた。辞めた理由は母親の看病と言っていたが、おきみが働かなければ、食べるものに事欠くし、母親の薬料も用意できないはずだ。

すると、喜十は鶴亀屋で会ったおすみという女のことを思い出した。亀蔵は見世の奥で金に困った女に、いかがわしい商売をさせていたのではないだろうか。おきみは赤裏屋から流れた黄八丈を鶴亀屋で手に入れたのだ。そして、母親の薬料のために、今度は手持ちの着物を売ろうとした。ものは、もちろん黄八丈だ。亀蔵は喜十に黄八丈のことは覚えていないと言ったが、古手屋なら自分の見世で扱った品物は忘れない。亀蔵は切羽詰まった様子のおきみを見て、見世の奥で客を取るよう仕向けたのだ。その方が実入りはぐんとよいと言って。おきみは悪いことと知りつつ、亀蔵の言う通りにした。喜十は、そのように推量する。

だが、客と枕《まくら》を交わす内、思わぬことが起きた。子を孕《はら》んでしまったのだ。

おきみは亀蔵にどうしたらいいかと縋《すが》ったはずだが、あの亀蔵のことだ。手前ェで片をつけろと知らん顔をしたのだろう。おきみが思い悩んでいる内に月日は満ち、とうとう臨月を迎えてしまった。産んで育てようという気はおきみになかっただろう。病の母親を抱えている身には無理なことだ。

結果、おきみは蛇骨長屋の厠で赤ん坊を産み落とさなければならなかったのだ。花川戸の裏店のごみ溜《た》めに着物を捨てたのもおきみだろう。あまりに血で汚れてしまったので、捨てるしかなかったのだ。また、鶴亀屋で買ったものだから、縁起が悪いのでわざとそうしたのかも知れないが。

一連の流れは見えて来たものの、そのおきみと黄八丈の繋《つな》がりが、もうひとつ、喜十には理解できなかった。

上遠野平蔵が日乃出屋を訪れたのは、三日後の夕方近くだった。喜十は狭い店座敷に上遠野を上げ、自分が考えたことを話した。

「まあ、だいたいはお前の言う通りだ」

上遠野はもったいぶった言い方をした。その日の上遠野は紋付羽織、着物は着流しで、奉行所の同心そのものの恰好《かっこう》だった。

「だいたい？　まだ何かあるんですかい」

「おきみと母親の行方がわからんのだ」

「………」

「わしも花川戸を探った後に黄八丈を着た娘を知らないかと水茶屋を聞いて廻った。

それで、おきみが浮かび上がった。だが、ヤサ（家）に行ってみると、中はもぬけの殻《から》での、近所の人間も気づかない内に二人はいなくなっていたのだ。病の母親と、手前ェは餓鬼《がき》を産み落としたばかりの身体《からだ》だ。どこに行ったものやら」

上遠野はやり切れないため息をついた。

「鶴亀屋はどうなさるおつもりで？」

「うむ。近い内に奉行所の手入れがあるだろう。それはお前が知らずともよい。鶴亀屋と顔を合わすことがあっても知らぬ顔をしておれ」

「へい……」

「しかし、おきみは強いおなごだのう。わしの家内はお産の時、苦しみのあまりでかい声で喚《わめ》いて産婆《さんば》に怒鳴られておった。それに比べておきみは周りに気づかれることもなく、そっと赤ん坊を産み落としたのだから」

上遠野は三人の子供の父親だった。

「感心している場合じゃありやせんよ。おきみは子殺しをした下手人ですぜ」

喜十は声を荒らげた。

「子殺しか……しかし、眼も明かぬ赤ん坊では札《ふだ》の切りようもあるまい」

「そいじゃ、このままお構いなしですかい」

「おきみを捜してしょっ引《ぴ》いたところで、残された母親の世話をする者がいない。不《ふ》憫《びん》だ」

「へへえ、お奉行所てな鷹揚《おうよう》なお裁きもなさるんですね」

「皮肉を言うな。喜十、済んだことだ。もう、忘れろ」

「あい、旦那《だんな》がそうおっしゃるなら、わっちもこれ以上は……」

　喜十は不満だったが、渋々肯《うなず》いた。

「おきみのてて親は居酒屋で酒を飲み、その時、傍にいた客と口論となり、匕首《あいくち》で相手を刺して捕まったそうだ。それは奉行所の朋輩が教えてくれた」

「死罪になったんですかい」

「いいや、相手は幸い命を取り留めた。てて親には遠島《えんとう》の沙汰《さた》が下った」

「遠島……そいじゃ、流されたのは」

「八丈島よ」

「………」

「知っているか？　八丈島に最初に流されたのは関が原の合戦で西軍に属した宇喜多《うきた》秀家《ひでいえ》殿だそうだ」

　上遠野はおきみの父親と関係のない話をした。それがどうした、と言いたかったが喜十は黙って話を聞いた。

「黄八丈の織物は八丈島の産物だが、それは流人《るにん》が工夫して作り出したものではなく、島の人々の間で古くから行なわれていた仕事らしい。遠島の沙汰が下ったとはいえ、殊勝に島で働いておれば、江戸の家族に土地の産物を送ることもできるそうだ。おきみのてて親は娘のために黄八丈の反物を送ったのだな。江戸で買うとなったら高直《こうじき》だが、島で直接買う分には手が届いたのだろう」

「それがきっかけで、おきみは黄八丈の着物ばかりを着るようになったんですかい」

「いかさまな」

何んだか切ない話だった。おきみは黄八丈の着物を着ることで父親が傍にいるような気になっていたのだろう。顔も知らないおきみという娘に、喜十はその時初めて同情を覚えた。

「という訳で一件落着と致そう」

上遠野はさばさばした表情で言うと、腰を上げた。

「ご苦労様でございやす」

喜十は頭を下げて見送った。吐息をひとつついて、上遠野に出した茶の湯呑《ゆのみ》を片づけようとした時、膝《ひざ》に固いものが当たった。

何んだろうと膝を上げて畳を見ると、小さなさいころだった。上遠野が落としたものだろうか。摘まみ上げようとして、つい手が滑《すべ》り、さいころは土間に転がった。

さいころは赤い目を上にして落ちていた。

(いい目が出てるじゃねェか。この調子でいいことも起こらねェかな)

喜十はつまらないことを考える。さいころを摘まみ上げて、ふと外を見ると、暮れなずんだ春の空が見えた。向かいの家が邪魔で、おまけに喜十の頭の上には衣紋竹《えもんだけ》に掛けた着物の裾《すそ》がゆらゆら揺れていた。自分の頭が触れないように首を縮めながら、喜十は狭い空を眺めた。それから、ゆっくりと視線を下ろした時、向かいの家と、その隣りの家の僅《わず》かな隙間《すきま》から田原町の向こう側に植わっている桜の樹《き》が見えた。桜は薄紅色の蕾《つぼみ》を膨《ふく》らませていた。ほんのちょっぴりの花見である。そんな姿勢でなければ、桜に気づくこともなかったはずだ。少しでも視線を横にずらせば、もう見えない。

「おそめ、おそめ」

喜十は声高に台所にいたおそめを呼んだ。

「何んですか」

「いいから、ここへ来て、腹這《はらば》いになってごらんよ」

「おかしな人ね。いったいどうしたと言うの？」

怪訝《けげん》な表情のおそめを宥《なだ》めて、喜十は桜を見せた。

「お前さん、こんなお花見も乙ですねえ」

おそめは嬉しそうに言う。

「だろう？」

喜十はおそめと並んで腹這いになりながら、隙間の桜を飽《あ》かず眺めた。滅法界もなく倖《しあわ》せな春の宵だった。

蝦夷錦《えぞにしき》

一

江戸が夏の季節を迎えると、浅草田原町《たわらまち》二丁目の古手屋《ふるてや》「日乃出屋」は見世《みせ》の軒下に、もの干し竿《ざお》を渡し、そこへ衣紋竹《えもんだけ》に通した古着を吊《つ》り下げる。品物を外に出すことで通り過ぎる客の目を引くし、また虫干しにもなる。

日乃出屋は普段でも古びた臭《にお》いが漂《ただよ》っている。人が一度身につけた衣服は、どんなにきれいに見えても汗と埃《ほこり》が滲《し》みついている。一着だけなら特に気にならないが、これが束になると、新品とは明らかに違う古びた臭いが鼻につく。

また店座敷にぶら下げた古着は外から流れ込む風を遮《さえぎ》るので、見世の中には熱気がこもる。夏は頭がくらくらするほどの暑さだ。土間口の戸を開け放ち、品物を幾らか外に出すことで狭い見世に風が通るのだ。この季節は見世の外に床几《しょうぎ》を出し、そこに座って商売をすることも多かった。

軒下の古着が風に揺れる様《さま》は何やら風情《ふぜい》があると日乃出屋の主《あるじ》の喜十《きじゅう》は思っている

が、時々見世に訪れる北町奉行所隠密廻《おんみつまわ》り同心の上遠野平蔵《かとのへいぞう》は「ゆらゆら案山子《かかし》」だと笑う。いけすかない男である。

七月十日のその日は金龍山浅草寺《きんりゅうざんせんそうじ》の四《し》万六千日の参詣日《さんけいび》に当たった。暑さもこの夏一番のように感じられる。軒下の古着はゆらゆら案山子どころか、ゆらとも動かない。

この日浅草寺に詣《もう》でれば四万六千日参詣したのと同じ功徳《くどく》があると言われている。夏の季節はどうしても参詣客の出足が鈍《にぶ》るので、寺は賽銭《さいせん》目当てに苦肉の策を考えたのだろう。

喜十の女房のおそめは、人出の少ない朝方にさっさと四万六千日のお参りを済ませた。

それでも雷門から本堂に辿《たど》り着くまで、いつもより時間が掛かったという。これからお参りをする人は身動き取れない状態になるだろうと、眉根《まゆね》を寄せて喜十に話していた。

お前さんもお参りするなら早めにいってらっしゃいまし、おそめは言ったが、喜十にそのつもりはなかった。

四万六千日の功徳があると言っても、江戸の人間がこぞって押し寄せたんじゃ、本尊の聖観音《しょうかんのん》様は面喰らうというものだ。だいたい、一日で四万六千日分の功徳を受けたいなんざ、図々《ずうずう》しいにもほどがある。ずるだ。

喜十は神仏から格別の功徳を受けたいと思っていない。普通で結構だ。それを言うと、おそめは「相変わらずおかしな人」と、笑った。

おかしな人と言えば、おそめが浅草寺に行っている間に、ちょっと変わった客が来た。五十絡《がら》みの夫婦と二十歳ぐらいの娘らしいのが日乃出屋にやって来て、赤ん坊に着せる夏物の着物はないかと訊《き》いた。娘は背中に赤ん坊を背負っていた。

喜十は店座敷の棚から一ッ身《ひとつみ》(赤ん坊の着物)を何枚か引き出して客に見せた。

「あら、愛らしい柄だこと。およし、これなんかどうだえ」

母親は紺色の地に金魚の柄が入った単衣《ひとえ》を、後ろに立っている娘に見せて訊く。父親は、背負われている赤ん坊の頭を撫《な》でた。喜十はそれを何気なく見ていたが、次第に背中がぞくぞくするような悪寒《おかん》を感じた。

赤ん坊と思っていたのは人形だったからだ。娘が十《とお》やそこいらの子供だったら、喜十もそんな気持ちにはならなかったろう。もはや人形など必要のない大人の娘だったから異様な感じを受けたのだ。

両親は、あたかもその人形を生きている赤ん坊のように扱っていた。それは娘のためでもあるらしかった。そっと娘の表情を窺《うかが》えば、虚《うつ》ろな眼をして、どうやら普通ではない様子だった。

きっと何かの事情で子を亡《な》くしたためにそうなってしまったのだろう。両親は赤ん坊の代わりに娘に人形を与えて気持ちの安定を計っているのだ。また、そうする内に両親も人形に情愛を感じるようになったらしい。

仔細《しさい》を問うことなど、とても喜十にはできなかった。喜十は平静を装《よそお》って商売をした。

娘は最初に母親が目を留めた金魚の柄の単衣と、でんでん太鼓《だいこ》や独楽《こま》など、子供のおもちゃの柄が入った浴衣《ゆかた》を気に入ってくれた。

客が引き上げると、喜十の顔には、どっと汗が噴《ふ》き出した。やり切れないため息も洩《も》れる。

浅草寺から戻って来たおそめは、店座敷でぼんやりしていた喜十に「お前さん、どうしたの」と、怪訝《けげん》な顔で訊いた。

おそめは怖がりだから、変わった客の話をすれば夜に眠れなくなりそうだ。喜十は「いや、一ツ身が二枚売れたよ」と応《こた》えただけだった。

変わった客は、それだけではなかった。中食《ちゅうじき》におそめと素麺《そうめん》を食べていた時、武家の男が見世に訪れ、品物を買い取ってほしいと言った。普段、日乃出屋は買い取りをしないことになっているが、男の切羽詰まった表情を見て、つい「拝見致します」と応えてしまった。ところが、男が風呂敷《ふろしき》包みから取り出したのは着物でなく端切《はぎ》れだった。

「お武家様。うちは古手屋なので、端切れの類《たぐい》は扱っておりません。あいすみません」

やんわりと断ったが、男は「これはただの端切れではない。よく見ろ。全体に縫《ぬ》い取《と》り（刺繍《ししゅう》）をした非常に高価な品なのだ」と、重々しく言った。

「そうおっしゃられても……」

喜十は弱った顔で端切れに眼を落とす。元は着物であった物をわざわざ解《ほど》いたようだ。どうせなら解かない方がいいのに、と喜十は内心で思った。確かに茶色の地に龍《りゅう》と、名前の知らない花か草の柄の縫い取りが入った布は高価な品に見えた。古手屋商売を長く続けている喜十にも初めて目にするものだった。しかし、それに買い手がつくとは思えなかった。日乃出屋は町人相手の古着屋なのだから。

「お武家様、いかに高価なお品でも手前の見世ではお引取りできません。申し訳ありませんがよそを当たって下さいませ」

喜十はすまない表情で頭を下げた。男はそれとわかるほど意気消沈した。三十そこそこの年回りで、陽《ひ》に灼《や》けた顔をしている。どこかの藩の江戸詰めの家臣だろうかと喜十は思った。江戸に滞在している間に小遣いに不足を覚えて手持ちの品を売る気になったのだろう。

「やはり駄目か」

男は諦《あきら》め切れない様子で言う。

「お役に立ちませんで」

喜十は断りの言葉を繰り返した。男はそのまま見世から出て行った。がっくりと肩を落とした後ろ姿が気の毒だったが、喜十にはどうしてやることもできなかった。

二

上遠野平蔵が日乃出屋を訪れたのは四万六千日の参詣日からひと廻り（一週間）ほど経《た》った夜のことだった。

残暑が厳しく、夜になっても暑さは衰えなかった。

「あつ、あっつう！」

上遠野は日乃出屋の土間口前で大袈裟《おおげさ》な声を上げた。喜十はその声に気づくと、ぶら下げた着物を掻《か》き分け、顔を出した。外に出していた品物は中に入れたが、まだ五つ（午後八時頃）前だったので、暖簾《のれん》はそのままにしていた。日乃出屋は四つ（午後十時頃）まで見世を開けている。

上遠野は単衣の着流しで、頭を手拭《てぬぐ》いで覆《おお》い、背中に風呂敷包みを背負った恰好《かっこう》だった。手にしていた団扇《うちわ》を忙《せわ》しなく動かして襟元に風を送っていた。聞き込みをした帰りでもあったのだろう。

町奉行所の隠密廻り同心は時に変装して事件の探索に当たることが多い。

「これは旦那《だんな》。お務めご苦労様です。どうぞ中へ」

喜十は如才なく内所へ促そうとしたが「お前の所は暑くて敵《かな》わぬ。おお、お誂《あつら》え向きに床几がある。ここでよい」と、上遠野は応えた。

「さいですか。お〜い、おそめ。上遠野の旦那がいらしたから冷たいものを頼むよ」

喜十は奥へ声を掛けた。蚊の鳴くような返答が聞こえた。

「お暑いのに、てェへんですね」

床几に座り、首筋の汗を拭う上遠野に喜十は言う。隠密廻り同心は事件となれば、暑さ寒さをものともせず市中を探索しなければならない。もっとも、仕事となったら誰でも四《し》の五《ご》の言ってはいられないが。

「おうよ。このくそ暑いのに余計な仕事は増える一方だ。これで三十俵二人扶持《ににんぶち》の禄《ろく》とは安過ぎると思わんか」

上遠野はぼやく。

「ごもっともで」

喜十は相槌《あいづち》を打つ。ほどなく現れたおそめは盆に湯呑《ゆのみ》を二つ載《の》せていた。

「お務めご苦労様です。上遠野様、これから八丁堀へお戻りですか」

おそめは床几に湯呑を置きながら訊く。流水の柄の涼しげな単衣は先日、喜十がおそめに見つけてやったものだ。おそめは大層喜んでいた。それにえんじ色の更紗《さらさ》の帯がよく似合う。髷《まげ》につけたてがらも着物に合わせた薄みず色だった。

「ああ、これから戻るところだ。お内儀《かみ》、日乃出屋は暑苦しい見世だが、お内儀は涼しい風情でなかなかよろしい」

上遠野はおそめを持ち上げる。

「相変わらずお世辞がよろしくて」

おそめはそう言ったが、まんざらでもない表情だった。上遠野はおそめに限らず女の受けがよい男だった。

「お話が長引きそうでしたら、ご遠慮なくお泊まり下さいまし」

気をよくしたおそめは余計な愛想をする。

喜十は微妙な目配せをしたが、おそめは意に介するふうもなかった。

「そうしたいのは山々だが、本日は仕事が立て込んでおるので遠慮致す」

そう応えた上遠野に、喜十は安堵《あんど》の吐息をそっとついた。

「そうですか。それではごゆっくり」

おそめは名残り惜しそうに中へ引っ込んだ。

茶だと思ったものは酒だった。勢いよく口にして喜十は思わず咽《む》せた。

「何んだよ、酒かい。それならそうと言えばいいのに……」

喜十はぶつぶつと独り言を呟《つぶや》いた。

「お内儀は気を利《き》かせたのよ。いい女だ。お前にはもったいない」

「何をおっしゃいますか。夫婦となったら他人にはわからない苦労が色々ありやすよ」

「ほう、どんな」

「どんなって……」

途端に喜十は言葉に詰まる。声が小さいから何を言ってるのか聞こえない時があるとか、訳もなくさめざめ泣いている時は、どうしてよいかわからないとか、喜十は硬めのめしが好きなのに、おそめはいつも歯ごたえのない柔らかいめしを炊《た》くだとか、そんなつまらないことは言えなかった。上遠野は喜十に夫婦の苦労などある訳がないという表情で言葉を続けた。

「お前の所は仲睦《なかむつ》まじくて羨《うらや》ましい。わしは家内から優しい言葉を掛けられたこともない。家内は実家の母親にわしのことをうすばかげろうと言ってるらしい」

「うすばかげろう?」

「樹《き》に止まっていると、人に気づかれないからよ」

「旦那はお仕事柄、普段から人目に立たないように動いておりやすが、奥様にそうおっしゃられては旦那の立つ瀬もございませんね」

つかの間、喜十は上遠野に同情する気持ちになった。

「だがよ、喜十。うすばかげろうは幼虫の頃、蟻地獄《ありじごく》と呼ばれている。それをどう思う」

喜十の顔色を窺う上遠野に得意そうな色が感じられた。

「奥様はそれをご存じで旦那をうすばかげろうとおっしゃったんですかい? それでしたら大したものです」

上遠野はふふと笑っただけで応えない。何んのことはない、のろけ話を聞かされたのだと喜十は鼻白んだ。

「ご馳走《ちそう》様でございます」

喜十がそう言うと、上遠野は愉快そうに声を上げて笑った。

「ところで、最近、妙な品物を持ち込んだ客はおらぬか」

上遠野は急に真顔になって言った。

「妙な品物とは？」

「だから、そんじょそこらでお目に掛からない妙な品物だ」

「そうおっしゃられても、わっちには何んのことやらさっぱり」

喜十の返答に上遠野はちッと舌打ちした。

「さる大名屋敷の家臣が国許《くにもと》から江戸へ出て来ていたそうだ。そいつは国許で何か不始末をしでかしたらしい。詳しい事情はわからぬがの。そいつは藩の献上品を藩庫から盗んでやって来たという。何しろ高価な品であるゆえ、藩は必死でそいつの行方を捜したが、とんとわからなかった。ところが、つい昨日、そいつの亡骸《なきがら》が見つかった。何者かに斬《き》られていたらしい。下手人はわからぬ。藩にとって、ふとどきな家臣が死んだところで、どうということもない。問題はそいつが盗んだ品物だ。それが見つからぬ。質屋か古手屋に曲げたことも考えられるゆえ、内与力様より探索を頼まれたのだ」

内与力は奉行に直属している与力で、奉行の内々の御用を承《うけたまわ》る。

「しかし、旦那。どうして大名屋敷内のことを町方が探るんで？」

喜十は解《げ》せない表情で訊《き》く。本来、町奉行所は江戸に住む町人の取り締まりが主《おも》で、大名屋敷内は支配違いになるからだ。

「話せば長くなる」

上遠野の声にため息が交じった。

「お話を伺わなければ、わっちはお役に立つことはできやせんぜ」

喜十は半ば脅《おど》すように言った。上遠野は自分の仕事に忠実だが、中身をはしょって喜十に手伝わせようとする。喜十にはそれがおもしろくない。これまでも上遠野は衣服絡《がら》みの問題が起きれば喜十を頼ってきた。

最初は訳もわからず、言われた通りに聞き込みをし、そこから得た話を上遠野に伝えていた。その話が的《まと》を射《い》ていれば「いや、お蔭《かげ》で助かった」と上遠野は礼を言う。だが、聞き込みをしている内、喜十にも疑問な点があれこれと浮かんでくる。それを少しでも上遠野に訊《たず》ねようものなら「お前が知らずともよい、余計なことは訊くな、これはお上の御用なのだ」と、けんもほろろに突き放す。

喜十の胸の中にはそうした疑問点が澱《おり》のように溜《た》まり、夜も寝られなくなった。

喜十は事件の概要を上遠野が語ってくれるのでなければ仕事を手伝わないと心に決めた。

自分は、上遠野のあやつり人形ではない。また上遠野の仕事を手伝わなければならない義理もない。見掛けは温厚だが、喜十は存外に頑固な面を持っていた。

そんな喜十に上遠野も渋々折れ、お務めに差し障《さわ》りのない程度に事件のことを話してくれるようになったが、それでも喜十が催促しなければ、相変わらず黙っているつもりなのだ。

だいたい、この度のことでも高価な献上品をさる大名屋敷の家臣が盗み、その家臣は死んだが献上品が見つからない、古手屋か質屋を探れとはあまりに乱暴過ぎる。さる大名屋敷とはどこを指しているのか、献上品とはどのような代物《しろもの》なのか、さっぱり要領を得なかった。

「これは内与力様からの内々の御用なのだ。それゆえ他言無用と釘《くぎ》を刺されておる」

「さいですか。それでは旦那がお一人でおやりになればよろしいでしょう。わっちの出る幕でもござんせんよ。質屋や古手屋に聞き込みをするのに、わっちでなければならねェという理由もありませんからね」

「喜十……」

上遠野は途端に心細い表情になった。

「わしを困らせるな」

「困らせちゃおりやせんよ。雲を摑《つか》むような話で訳がわからねェと言ってるだけです。お偉いさんの内密の御用に、たかが古手屋の親仁《おやじ》が首を突っ込むこともねェでしょうから」

喜十は次第に腹が立ってきた。

「お前さん……」

おそめが心配顔で出て来た。

「大きなお声を出してはご近所に迷惑ですよ。それに内密の御用だの、他言無用だのと、聞き捨てならない言葉を往来で遣うなんて」

おそめは二人を交互に見て言う。

「お内儀、申し訳ござらん。したが喜十が悪いのだ。わしの言うことを素直に聞いてくれぬのだ」

上遠野は自分に同情を向けるように言った。

「それはお互い様でございましょう。外の床几《しょうぎ》に座ってなさるお話でもないように思いますよ。中へお入りになって。お前さん、少し早いですけれど、落ち着きませんから暖簾は引っ込めて下さいまし」

おそめは厳しい表情で応える。おそめの剣幕に恐れをなし、二人はこそこそと中に入った。上遠野はまた、日乃出屋に泊まることとなりそうだ。喜十は詮《せん》のないため息をついた。

三

内所は確かに暑かったが、夜になると簾障子《すだれしょうじ》を通して庭から幾分、涼しい風も入って来る。行灯《あんどん》の傍に蚊遣《かや》りの煙が静かに立ち昇っていた。

やはり、おそめが言う通り、内所の方がゆっくり話ができそうだ。それは上遠野も同様に感じていたらしい。上遠野は単衣《ひとえ》の裾《すそ》を膝《ひざ》の上までたくし上げ、毛脛《けずね》を見せて冷や酒を口にした。酒のあて","は小女子《こうなご》の佃煮《つくだに》と茄子《なす》の漬物だった。他におそめは上遠野のために小さな塩むすびを三つほど用意した。

「すまぬのう、お内儀」

上遠野は恐縮する。

「いいえ。何もお肴《さかな》がなくて申し訳ありません。あたしはお先に休ませていただきますよ。その方が、お話がしやすいでしょうから。上遠野様、どうぞごゆっくり」

おそめはようやく笑顔を見せて二階の寝間に引き上げた。

「全くできたお内儀だ。いや、畏《おそ》れ入る。喜十、お前は不満などなかろう」

上遠野は上目遣いで喜十に訊く。

「へい、今のところは。これで子供の一人でも産んでくれたら御《おん》の字なんですが」

喜十に、つい本音が出る。

「子供なあ……しかし、子供は授かりものだからどんなものかのう。その内にできるだろうと呑気《のんき》なことも言えぬし」

「さいです。うちの奴の気持ちを考えると、とてもそれは言えませんよ。その意味じゃ、旦那はお倖《しあわ》せですよ。跡継ぎの坊ちゃんがおいでになるんですから」

「お前も跡継ぎがほしいか」

「そりゃあ……しかし、こうなったら跡継ぎなんて贅沢《ぜいたく》なことは申しませんよ。雄でも雌でもどっちでもいいです」

「おいおい、お内儀は犬猫の仔《こ》を産む訳ではないぞ。口の利きようを知らぬ男だ。しかし、どうしても子ができぬ時は養子を迎えるのも手だぞ」

「養子ですかい……」

そんなことは今まで考えたこともなかった。

喜十とおそめはお互いまだ若いと思っているせいだ。だが、おそめは二十五になるし、喜十は十も年上の三十五だ。そろそろ先のことを考える年になっているのかも知れない。

「ま、それはいいとして、さっきの話の続きを始めよう。この度のことは正直、わしの手に余る。やはり、お前の助けが必要だ。喜十、この通りだ」

上遠野は畳に手を突いて頭を下げた。

「お手を上げて下せェ。旦那《だんな》らしくもありませんよ。わっちは仔細《しさい》を話してくれさえしたら、喜んでお手伝いしますよ。蚊帳《かや》の外に置かれるのがいやなだけなんで」

喜十の言葉に上遠野は納得したように肯《うなず》いた。

亡骸で発見された男は蝦夷松前藩《えぞまつまえはん》の家臣だった。松前藩の江戸藩邸は下谷新寺町《したやしんでらまち》にあり、そこは浅草広小路からも近い。

松前藩の藩主は北町奉行所にいざという時の警護を頼んでいた。それは奉行と藩主が昵懇《じっこん》の間柄でもあったからだ。藩が盗まれた品を躍起で探すのには深い理由があった。

「わが国は鎖国政策を採っておるゆえ、異国との交易はしておらぬ。したが例外はある。南の薩摩《さつま》藩は琉球《りゆうきゆう》と交易して反物や畳表《たたみおもて》などを取り寄せておる。そしての、松前藩は蝦夷（アイヌ民族）との交易を許されておるのだ」

上遠野は酒の酔いも手伝い、口調も滑《なめ》らかになっていた。

「蝦夷ってのは蝦夷国の蝦夷ですかい」

「いかにも。蝦夷国は蝦夷が住む所ゆえ、そう呼ばれておるのだ。蝦夷は狩猟民族で熊《くま》や鹿《しか》を獲《と》り、秋は川を上る鮭《さけ》を獲って暮らしを立てておる。また野山の山菜も彼らの貴重な食料となっておるのだ」

「つまり、松前藩はその蝦夷が獲った物を買い取るか、または物と交換している訳ですね」

「うむ。蝦夷も時代の流れで暮らしが立ち行かなくなっておるのだ。ご公儀は松前藩に蝦夷の撫育《ぶいく》を命じておる。蝦夷は蝦夷国に精通した者達だからだ。彼らの知恵を借りることが、おのずと蝦夷国の発展にも繋《つな》がることになろう。蝦夷は蝦夷国の各地に村を形成しておる。蝦夷国の先のカラフトという島にも蝦夷がおる。そのカラフトは、大陸の山丹《さんたん》（アムール川流域）という国とごく近い距離にあるのだ。山丹人は大陸の品物を小舟に積んでカラフトにやって来るという。カラフトの蝦夷はその品物を買い、藩へ渡していたのだ」

「よくわかりやせん。カラフトは島なんでげしょう？　その山丹人は小舟で海を渡って来るんですかい」

「小舟でやって来られるほど、大陸とカラフトは近いということだ」

上遠野はいらいらした様子で声を荒らげた。

「そいじゃ、松前藩が望めば大陸の品が何んでも手に入るってことですかい」

そう訊いた喜十に上遠野は、つかの間、黙った。

喜十の言葉が図星だったようだ。何んだかきな臭い。

「山丹人が持ち込んだ物の中には豪華な絹織物で拵《こしら》えた十徳《じっとく》（医者などが着用する上っ張り）などもあったそうだ。松前の殿は上様に謁見《えっけん》する折、その十徳を纏《まと》うことがあったのだ。上様が興味を示されると、松前の殿は以後、それを上様に献上するようになった。だが、実際は大陸との交易で得たご禁制の品である。藩はご公儀を欺《あざむ》くため、その衣服がいかにも蝦夷国の産だと思わせるために『蝦夷錦《にしき》』と呼んで、何んら憚《はばか》る様子も見せなかった」

少し間を置いた後、上遠野は話を続けた。

「豪気なお殿様ですね」

喜十はぽつりと感想を洩《も》らした。

「ああ、豪放磊落《ごうほうらいらく》なお人柄らしい。馬術の腕は諸大名中、随一と噂《うわさ》されておる。当然、鷹《たか》狩りもお得意で、蝦夷錦だけでなく、上様に鷹も献上しておるという。しかも弁舌爽《さわ》やかで、議論となったら誰も敵《かな》わぬそうだ」

「やりたい放題ですか」

喜十の言葉に上遠野は、はっとしたような眼になる。だが、そのすぐ後に、やるせない吐息を洩らした。

「国許を飛び出した家臣が盗んだ物とは、その蝦夷錦のことですかい」

喜十は察しよく上遠野に続ける。

「その通りだ。奴《やつ》は藩の非道を訴えるために江戸へ出て来たのだ。だが、当然、藩はそれを阻止しようとしたはずだ。奴に味方する者もいなかった。懐《ふところ》にあった金は底を尽き、ついに肝腎の蝦夷錦も手放さなければならない羽目に陥《おちい》ってしまったのだろう」

「そいじゃ、家臣を斬《き》ったのは藩の追っ手ということになりやすね」

「恐らく……」

「蝦夷錦ってのは、他にもたくさんあるんですよね。でしたら、一着ぐらいなくなっても」

「そうは行かぬ」

上遠野は喜十の言葉を途中で遮った。

「他のお大名の中には松前藩を苦々しく思う方もおられる。蝦夷錦にも疑いの目を向けているはずだ。そんなお大名の手に、もしも蝦夷錦が渡ったとしたらどうなる?」

上遠野は試すように訊いた。喜十は二、三度眼をしばたたいたが、答えはわからなかった。どうなるのだろう。

「そのお大名は蝦夷錦をためつすがめつして調べるだろう。その結果、蝦夷錦がわが国の産ではないと結論づける。そして松前藩が異国と不当な交易をしているのではあるまいかと疑問を持つ。その疑問が真実となったあかつきには、松前藩は最悪、改易《かいえき》(取り潰《つぶ》し)の憂《う》き目を見るやも知れぬ。しかし、そうなった時、上様のお気持ちはどうなる。不当な交易品を献上された上様は」

上遠野は憤《いきどお》った声で言った。

「不当な交易品と見抜けなかった上様の眼は節穴だと、蝦夷錦を調べなすったお大名は侮《あなど》るかも知れませんね」

「その通りだ」

「しかし、本当に蝦夷錦は不当な交易品なんですか」

「カラフトの蝦夷に藩は交易を強要していた節もあるのだ」

「あちゃあ」

「表向きは運上金として蝦夷錦を取り立てていたようだ。だが、カラフトの蝦夷に大陸からの高価な品物の代金は易々《やすやす》と払えぬ。山丹人は代金をツケにして交易品を引き取らせていた。そのツケが溜《た》まれば」

上遠野は言葉尻《じり》を呑み込んだ。やり切れない表情で冷や酒をくいっと呷《あお》る。

「どうなるんですか」

喜十は上遠野の眼をまっすぐに見つめて訊いた。

「カラフトの蝦夷の子供を引き渡すのだ。山丹人は蝦夷の子供を下僕《げぼく》として金持ちの屋敷に売るのよ」

「ひどい話ですね」

「ああ、ひどい話だ」

「その事情はどうしてわかったんですか」

「ご公儀の隠密《おんみつ》御用の役人が蝦夷国へ渡り、ひそかに調べを進めた結果、わかったのだ。いずれ、松前藩には何んらかのお咎《とが》めが及ぶやも知れぬが、今はそれよりも、なくなった蝦夷錦を取り戻し、上様の体面を保つことが先なのだ」

「なるほど、仔細はようくわかりやした」

「何か手立てがあるか」

「今は何んとも申し上げられやせん。ひとまず、心当たりの見世に聞き込みを致します」

「ぐずぐずしている隙《ひま》はないぞ」

上遠野は念を押した。

「わかっておりますって」

喜十は笑いながら応《こた》えた。喜十の脳裏に端切《はぎ》れを売りに来た男の顔が浮かんでいた。あの端切れが蝦夷錦だったのだろうか。確証はなかったが、そんな気がしてならなかった。

こういう事態になるのだったら、もっと注意して見ておけばよかったと喜十は後悔した。

あれが蝦夷錦だとしたら、松前藩は、よもや解かれて端切れになっているとは思っていまい。もちろん、探索を命じた内与力も上遠野も。男はあの端切れを売ったのだ。

間違いない。解いて端切れにしたのは、足がつくのを恐れたためだろう。

（楽屋《がくや》新道《しんみち》の岩代町《いわしろちょう》辺りを当たるか）

　喜十は胸で算段した。その辺りには人形師が多く住んでいる。人形師は人形に着せる着物を小切《こぎ》れ売りから調達する。

　小切れ売りの菊良《きくよし》に当たろう。きっと何かわかるはずだ。

　暗い天井を見上げて喜十は大きく息を吐いた。それに呼応するように上遠野の鼾《いびき》が聞こえた。

「旦那、旦那。こんなところで寝てはいけませんよ。ささ、奥の蒲団《ふとん》にお入りなさいやし」

「奥は暑い。ここでよい」

　上遠野は眠そうな声で言う。喜十は上遠野の身体《からだ》に夏掛けの蒲団を被《かぶ》せ、使った皿小鉢を台所の流しに片づけた。

　湿気を帯びた暑さが耐え難い夜だった。うなじに手をやると、じっとりとした汗の感触があった。今夜は眠れるかどうか。喜十は吐息をひとつついて、ゆっくりと二階に上がって行った。

四

翌朝、喜十は上遠野と一緒に日乃出屋を出た。おそめに昼までには帰ると言って店番を頼んだ。おそめは喜十と上遠野が険悪な様子でなかったので、安心したように「行ってらっしゃいまし」と笑顔で送り出してくれた。

浅草御門を抜け、浜町堀《はまちょうぼり》に架かる栄橋《さかえばし》を渡り、通旅籠町《とおりはたごちょう》の辻《つじ》まで来ると「旦那、わっちはここで」と、喜十は上遠野に別れを告げた。

「うむ」

上遠野は低く応え、そのまま本町通りを西へ向かう。外濠《そとぼり》まで出て、一石橋《いっこくばし》を渡れば呉服橋《ごふくばし》はすぐ目の前だ。上遠野の勤務する北町奉行所は呉服橋御門内にある。

喜十は上遠野の後ろ姿が小さくなると、人形町通りに折れ、さらに楽屋新道に入った。

喜十が予想したように、小切れ屋菊良は端切れをこれでもかと重ねた天秤棒《てんびんぼう》の前で商売をしていた。周りには近所のかみさん連中が群がっている。

菊良は喜十と同じような年頃である。以前は柳原《やなぎわら》の土手にいたこともあるが、実入りが少ないので行商の道を選んだのだ。

「菊さん」

喜十は客に囲まれて商売をしている菊良に声を掛けた。客は近所のかみさん連中がおおかただったが、やけに色の白い男達も交じっていた。人形師をしている男達だろうか。熱心に端切れを物色する様子はかみさん連中と変わらない。

菊良は、本当は菊吉と書いてきくよしと読ませるのだが、字面《じづら》を見ただけではきくいちになってしまう。菊良はそれがいやで、自分で商売を始める時に今の名前にしたという。

「やあ、喜十さん。久しぶりですね」

菊良は笑顔で応え、喜十の傍にやって来た。単衣の裾を尻端折《しりっぱしょ》りして、白いきまた（下穿《したば》き・半だこ）を見せている。笠《かさ》の代わりに手拭《てぬぐ》いを二つ折りにして月代《さかやき》を覆《おお》い、髷《まげ》の後ろで結んでいた。

菊良の天秤棒には、三角形の木の台を前後二ヵ所取りつけてある。客に呼び止められた時は、そのまま地面に下ろしても倒れない仕組みになっている。だが、端切れを重ねた天秤棒の目方は十貫目（三十七・五キロ）以上もあるだろう。それを毎日担《かつ》いで商売をしているのだから大変だ。菊良の肩には硬い胼胝《たこ》ができている。

「相変わらず繁昌《はんじょう》しているようだね」

　喜十も笑顔で言った。

「なあに、端切れの売り上げなんざ、高が知れてますよ。今日はこっちに用足しですかい」

　菊良は陽《ひ》に灼《や》けた顔をほころばせて訊く。男前ではないが愛嬌《あいきょう》のある顔である。

「まあ、そんなところだが、あんたの顔を見て、ちょいと訊《き》きたいことを思い出した」

「何んです？」

「わっちと立ち話をしては商売の邪魔になるんじゃないのかい」

　喜十はそっと菊良を慮《おもんぱか》る。菊良はちらりと後ろを振り返ったが「なあに、あっしは今さっき来たばかりなんで、客が品物を決めるまでまだ掛かりますよ。上から下まで捲《めく》って見なけりゃ、皆、気が済まねェ。好きにさせておきますよ」と、鷹揚《おうよう》に言った。

「そうかい。そいじゃ菊さん、近頃豪華な縫い取りのある布を買い取らなかったかい。確か龍《りゅう》の柄が入っていたと思うが」

　そう言うと、菊良は笑顔を消した。

「それがどうかしやしたかい」

「どうも大名屋敷から盗まれた品らしいのだ。八丁堀の旦那に心当たりの見世に訊いてくれと頼まれたんだよ」

「端切れの盗品ですかい」

「いや、元は十徳だったものを、盗んだ奴がばらしたようだ」

「……」

「覚えがあるんだね」

黙った菊良に喜十は続けた。

「へ、へい……侍《さむらい》が持ち込んで来やした。珍しい品物だったんで、これなら高く売れると踏んで引き取りやした。しかし、まさか盗品とは……悪い奴には見えませんでしたが」

菊良は悔しそうに唇を噛《か》んだ。

「で、それは今、あるのかい」

喜十は色めき立って早口に訊く。だが菊良は力なく首を振った。

「大伝馬町《おおてんまちょう》の提灯問屋《ちょうちんどいや》のお嬢さんに売りやした。何んでも子供の蒲団の皮にするとおっしゃっておりやした」

「幾らで売った？」

「へい、一分（一両の四分の一）で……」

「結構な値じゃないか」

喜十は驚いた。子供の蒲団の皮にするのに一分も出す客がいるのかと思った。

「ですが、あっしは二朱（一両の八分の一）で買い取ったんですぜ。それぐらいで売らなきゃ、割に合いませんって」

菊良は必死の形相で言い訳する。

「わかった。そういうことなら、わっちがこれから行って買い戻すことにするよ」

「喜十さん、盗品を売ったあっしにお咎めがありますかねえ」

菊良は買い戻すと言った喜十に慌《あわ》てて訊く。

「さあ、それは……」

どうなるかは上遠野に訊いてみなければわからない。質屋などは盗品とわかれば没収され、用立てた金は戻らない。ふと、自分が蝦夷錦《えぞにしき》を買い戻すために出した金は後で戻るのだろうかと不安になった。上遠野は、自腹で立て替えてくれる男ではなかったからだ。

思案顔をした喜十に菊良は「買い戻しの金はあっしが出します。その代わり、喜十さん、うまく取りなして下せェ」と、言った。

「しかし、それじゃ、あんたが二朱を損する」

「いいんですって。二朱で自身番に引っ張られずに済むなら安いもんです」

菊良は少々損をしても面倒に巻き込まれるよりましだと思ったらしい。

「そうかい。それならできるだけのことはするよ。うまく行けば二朱は取り戻せるかも知れないが、あてにしないで待っていてくれ」

「承知しやした」

菊良はそう言った後で巾着《きんちゃく》から一分を取り出して喜十に渡した。

「矢立《やたて》を持っているなら、受け取りを書くよ」

「とんでもねェ。喜十さんのことは信用しておりやすから」

「そうかい、ありがとよ。おっと、肝腎の提灯問屋の屋号を聞いていなかった」

「へい、大津屋《おおつや》さんです。大伝馬町の二丁目に店を構えておりやす。結構でかい店なんで、すぐにわかると思いやす」

「わかった。あんたとここで会って手間が省けた。恩に着るよ」

喜十は笑って礼を言った。

「こっちこそ、すんでのところで痛い目に遭《あ》わずに済みましたよ。また何かあったら声を掛けて下せェ。あっしは三日に一度はこの辺りをうろついておりやすんで」

菊良はそう言うと、喜十に背を向け「きれ〜端切れ。小切れ〜断《た》ち切れ」と、触《ふ》れ声を上げた。二朱の損を取り戻そうとするかのように、その声は通りに大きく響いた。

喜十は楽屋新道から堀留町《ほりどめちょう》を抜け、大伝馬町二丁目の通りに出た。その界隈《かいわい》は問屋街となっており、様々な商売の問屋が軒を連ねている。

提灯問屋の大津屋はすぐに見つかった。間口四間半の大きな店で、看板代わりの大提灯に大津屋の字がなぞり書きされていた。店の中をひょいと覗《のぞ》けば、店座敷と言わず、壁と言わず、高張り提灯、箱提灯、軒提灯、ほおずき提灯、小田原提灯など、大小様々な提灯が所狭しと飾られている。また、店座敷の隅は提灯職人の仕事場になっており、二人の職人が作業している姿も眼に入った。

「お越しなさいまし」

店の手代らしい男がきょろきょろしている喜十に声を掛けた。

「手前、浅草の田原町で日乃出屋という古手屋をやっておりますが、ここのお嬢さんが、先日、小切れ売りから子供さんの蒲団の皮にするとかで端切れをお求めになったことがあったそうですが、そのことで、ちょいとお取り次ぎ願えないでしょうか」

喜十は丁寧に言ったつもりだが、若い手代は不愉快そうな表情をした。

「あんた、何を企《たくら》んでいる」

「企んでいるとは、ずい分なおっしゃりようですな。手前はお嬢さんに、ちょいと話があるだけですよ」

「だから、その話ってのが曲者《くせもの》なんだよ。おおかた、お嬢さんに難癖をつけて金を巻き上げようとする魂胆《こんたん》なんだろう」

喜十は呆《あき》れて、まじまじと手代の顔を見た。

初対面の自分に何んだってこう、剣突《けんつく》を喰らわせるのか理由がわからなかった。

「どうなんだ、え？　答えやがれ！　手前ェ、足許《あしもと》を見やがって、このッ！」

仕舞いに喜十の襟元を両手で摑《つか》んで柱に押しつける。喜十は何が何んだか、さっぱりわからず、眼を白黒させるばかりだった。

「手前ェがどんな奴《やつ》か面《つら》を見ただけでわかるんだ。さあ、吐け。いってェ、どんな企みをしていやがる」

喜十は腕を振り解こうとしたが、二十歳そこそこの手代の力は強かった。店にいた者は黙ってなりゆきを見ているだけで止めようともしなかった。

「平助《へいすけ》、おやめ」

騒ぎを聞きつけ、店座敷に現れた年配の女がようやく手代を制した。

「ですが、こいつは」

「訳も聞かずに乱暴してはいけないよ。腕をお放し」

女はどうやらこの店のお内儀《かみ》らしい。喜十は手代が腕を放すと、大きく息を吐いた。

「息が止まって死ぬかと思った」

喜十は独り言を呟《つぶや》き、乱れた襟元を直した。

「おや、あんたは浅草の古手屋さんじゃなかったかえ」

お内儀は喜十の顔を見て、そう言った。喜十もお内儀をよく見ると、浅草寺の四万六千日の参詣日《さんけいび》に亭主と娘の三人連れで訪れた客だと気づいた。

「あの時のお客様でしたか」

喜十はほっとして、笑顔を見せた。

「いったい、どうしたのだえ」

「どうしたも、こうしたも、この手代さんがいきなり手前に摑み掛かって来たので、訳がわかりませんでしたよ」

「悪かったねえ。いえね、娘のことで色々言って来る人がいるものですから、うちの手代も、てっきりあんたのことをその手の者かと考えてしまったらしい。これ、平助、お詫《わ》びをお言い。全く、お前は人を見る目がないよ」

喜十はあの時の娘の様子を思い出して、手代の狼藉《ろうぜき》に合点が行った。心持ちが普通でない娘をカモにして悪事を企む者がいるのだろう。手代はそれを警戒して先に脅しを掛けたのだ。

「あいすみません。ご無礼のほどをお詫び申し上げます」

手代は慇懃《いんぎん》に詫びの言葉を述べたが、その眼にはまだ疑いの色が残っていた。

「わっちの面《つら》が悪いんでしょうね。よその町へ行くと、岡っ引きの親分に呼び止められることが多いんですよ。手代さん、わっちはそんなに悪党面しておりますかい」

喜十は冗談めかして手代に訊く。お内儀は口許に手を当てて笑ったが、手代は黙ったまま何も応《こた》えなかった。

「で、古手屋さんは何か特別な話でもあったのかえ」

お内儀は改まった顔で喜十に訊いた。

「へい。先日、ここのお嬢さんが菊良という小切れ売りから子供の蒲団の皮にするとかで、縫い取りのある端切れをお求めになりましたね」

「ああ。きれいな柄で、娘も大層気に入った様子だったよ」

「あの品物はちょいと訳ありなんで、できれば買い戻しをお願いしたいのですが」

「買い戻し？　さて、困った。およしが了簡《りょうけん》するだろうか」

お内儀は途端に困惑の表情になった。およしという娘があの端切れを気に入ったとすれば、取り上げるのが骨なのだろう。

「ここで立ち話も何んだ。古手屋さん、ちょいと中へ入っておくれでないか」

お内儀は内所へ促した。

「へい、それではお言葉に甘えてお邪魔致します」

喜十はそう応えて履物を脱いだ。平助と呼ばれた手代は、まだ憎々しげに喜十を睨《にら》んでいる。喜十はその態度に腹が立ったので、手代の前を通り過ぎる時「ばあか」と捨て台詞《ぜりふ》を吐いた。提灯を拵《こしら》えていた職人が、その拍子にぷッと噴いた。

五

大津屋の内所は六畳間ほどだったが、きれいに片づき、障子も襖《ふすま》も新しいので気持ちがよかった。内所に娘の姿はなく、また先日一緒に来た主もいなかった。お内儀は山王権現《さんのうごんげん》を祀《まつ》った神棚を背にして座ると、喜十に座蒲団と冷たい麦湯を勧めた。

「お嬢さんはお留守ですか」

麦湯をひと口飲んでから喜十は訊いた。浅草から歩いて来たので、ひどく喉《のど》が渇いていた。冷たい麦湯がうまかった。

「おりますよ。坪庭をお散歩しています。坊を背負《しょ》ってね。うちの人がつき添っているんですよ」

お内儀はため息交じりに応えた。

「坊が人形だってことは気づいていたかえ」

お内儀は探るような目つきで続ける。

「ええ、まあ……」

喜十は曖昧《あいまい》に応えた。

「およしは十八の時に、うちと同業の店の息子と祝言《しゅうげん》を挙げたんですよ。夫婦仲はとてもよかったですよ。でもね、三年経《た》っても子ができなかったんです。向こうのご両親は跡継ぎがほしくて仕方がない様子でした。何しろ一人息子だったもので」

「ここのお嬢さんに、ごきょうだいはいらっしゃるんですかい」

「ええ、うちは幸い、およしの上に息子が二人おります。娘はおよしだけでしたが。ですからね、およしの祝言の時はあたしもうちの人も泣きの涙でしたよ」

お内儀は涙で潤《うる》んだ眼で応えた。

「さぞ可愛《かわい》がって大きくされたのでしょうね」

「そりゃあ、もう」

「子ができないためにお嬢さんは嫁入り先から戻されたんですかい」

「そうなんですよ」

「しかし、子供は授かりものですから、十年も暮らした夫婦にぽっかりできることもありますよ。三年やそこらで見切りをつけられるのはたまりませんねえ」

「お前さんもそう思っておくれかえ」

「ええ。お嬢さんがお気の毒ですよ」

「だが、向こうのご両親が得心しなかった。娘はここに戻ってから塞《ふさ》ぎ込んでしまってねえ、挙句の果てに、あんなふうになっちまったんですよ。上の息子が不憫《ふびん》がって、市松人形を買って来ると、およしはそれを自分の産んだ子だと思うようになったんです。それで落ち着いてくれるのなら御の字だと、あたしらは思っていたんですが、でもねえ……」

「色々不都合も起きたという訳ですかい」

「ええ。およしは季節ごとに坊に着物を着せたがり、あんな娘だから、目についたものをお金も払わずに持って来てしまうんですよ。あたしとうちの人が、とにかく品物を買う時はお金を払うんだと口酸《くちず》っぱく言って聞かせましたよ。すると今度は法外な値をつけられたり、払ったはずの代金をまた請求されたりするようになったんです。もう、とにかく目離しできなくてねえ。あたしらが生きている内はいいけれど、先のことを考えると、夜も眠れないことがあるんですよ」

「お気持ち、お察し致します」

喜十は低い声で言った。

「それで、およしが買った端切れを返してくれとは、どういう訳なんだえ」

お内儀は話を元に戻して訊いた。

喜十は大津屋の娘の買った端切れが大名屋敷から盗まれたものなので、屋敷に戻さなければならないと、簡単に事情を説明した。

「盗品だったのかえ。それじゃ仕方がないことだが、あんた、およしを了簡させておくれでないか。あたしが言っても素直に聞く娘じゃないから」

「わ、わっちが？」

喜十は慌てた。

「ああ、他人様《ひとさま》の前じゃ、少しはおとなしいからさ」

「……………」

頑是《がんぜ》ない子供からおもちゃを取り上げるようなものだ。だが、喜十は、いやとは言えなかった。娘を納得させなければ蝦夷錦は戻らない。

「うまく行くかどうかわかりませんが、お嬢さんを説得してみます」

喜十が応えると、お内儀は内所を出て行き、娘を呼びに行った。ほどなく、娘は父親と一緒に内所にやって来た。背負っていた人形を下ろして、腕に抱える。娘は小花を散らした柄の絽《ろ》の着物に紺色の夏帯を締めていた。

この間は気づかなかったが、改めて見ると娘は結構な器量である。だが、虚《うつ》ろな眼の光は相変わらずだった。

「およし、こちらは浅草の古手屋さんだよ。覚えているだろ？　坊の夏物を買った見世のご主人だ」

およしはこくりと肯《うなず》き、人形が着ている単衣《ひとえ》の袖《そで》を摘まみ上げた。それは喜十が売った一ッ身で、金魚の柄が入ったものだ。大津屋は大店だから、人形とはいえ、呉服屋で新品を誂《あつら》えてもいいはずだ。敢《あ》えて古手屋から買うのは、やはり世間の目を気にしてのことなのだろうと、喜十は考える。

「先日はお買い上げいただき、ありがとう存じます。本日はお嬢さんにお願いがあって参じました。小切れ売りの菊良からお求めになった端切《はぎ》れをお返し下さいませんか。あれは大名屋敷から盗まれた品物なんです。お屋敷では必死で探しております。どうぞ、お嬢さん、お願い致します」

　喜十は深々と頭を下げた。

「いやよ。あれは坊のお蒲団《ふとん》にするのだから」

　驕慢《きょうまん》な言い方で娘は応える。

「蒲団はお内儀さんが別のものを用意して下さいますよ。あれがなければお屋敷のお屋形《やかた》様が困ることになるのです。それに、お嬢様の手許にあると知れたら、物騒な連中がここへ押し掛けることも考えられます。そうなれば、お嬢さんのお命にも関わります」

「いいのよ、それならそれで。あたしは、いつ死んでも構やしない」

　娘の言葉を聞いて喜十は妙な気持ちになった。死んでも構わないとは、今の自分の立場を十分に理解しているからではないだろうか。とても心持ちが普通でない娘の言葉と思えなかった。気のせいか虚ろな眼が底光りしてきたように見える。

「いつ死んでも構やしない、ですか。まあ、ごもっともで。今のあんたはこの家の厄介者だ。あんたがいなければご両親は安気に暮らせますよ」

　喜十は思い切って言ってみた。

「日乃出屋さん、何んてことを！」

お内儀はさすがに声を荒らげた。

「大丈夫ですよ。このお嬢さんには何を言っても通じませんから」

喜十はお内儀をいなすように言った。主はどうしてよいかわからないという態《てい》でおろおろしているだけだった。

「古手屋の分際であたしをばかにして……いいよ、それなら死んでやる。首を縊《くく》るのなんて訳もないことよ」

娘は立ち上がった。その拍子に人形が娘の腕から落ち、畳に転がった。泣きも笑いもしない人形は、つぶらな瞳《ひとみ》を天井に向けている。

「おお、可哀想《かわいそう》に、可哀想に」

主は慌てて人形を抱き上げ、頭を撫《な》でる。

「お嬢さんが自害すれば、坊のおっ母さんがいなくなりますよ。いいんですかい」

喜十は試すように訊《き》いた。娘は鼻先で、ふんと笑った。

「所詮《しょせん》、人形だもの……」

そう言った娘に喜十も立ち上がり「大した役者ですね。気が触れた真似《まね》をなさっているのは追い出されたお家に対するいやがらせですかい。それとも、ただの甘えですか。ご両親がどれほどあんたのことで胸を痛めているか考えたことはねェんですか」

と、びんびん響く声で言った。

娘の唇がわなわなと震え、仕舞いには、わっと顔を覆《おお》って泣き出した。やはり喜十が予想した通りだった。娘は精神を病んでなどいなかったのだ。

「古手屋さん、これはどうしたことですか」

お内儀は訳がわからず喜十に訊く。

「お嬢さんはまともだってことですよ。あまり悲しい目に遭ったんで、実家に戻っても身の置き所がなかったんでしょう。気が触れた振りをしていれば、まだしも気が楽だったんですよ。そうですね、お嬢さん」

「どうしてあたしのことがわかったの？」

娘は涙だらけの顔を上げて訊く。

「いつ死んでもいいとおっしゃったからですよ。心持ちが普通じゃない者にそんな台詞《せりふ》はほざけませんよ。そうでしょ？」

「あなたは本当に古手屋のご主人なんですか。今まであたしのことを見抜いた人は誰一人いやしない」

娘は観念したように言った。

「これでも人を見る目はあるつもりですよ。だが、浅草のわっちの見世に来た時はわかりやせんでした。お嬢さんの演技は堂に入っておりましたからね」

「演技だなんて……」

娘は恥ずかしそうに顔を俯《うつむ》けた。

「いったい、どれほどの間、そんな真似をしていらしたんで？」

「およしが出戻って半年ほど経った頃からですから、こうと、一年近くになりますよ」

お内儀《かみ》が口を挟《はさ》んだ。

「結構、意地がありやすね」

喜十は悪戯《いたずら》っぽい顔で言う。娘は照れ臭そうに笑った。

「そろそろ潮時ですよ。済んだことはきっぱり忘れてこれからのことを考えるべきです。お嬢さんはまだまだ若い。これからひと花もふた花も咲かせられますって」

「本当にそう思うの？　お愛想はいらないのよ。子も産めずに嫁入り先から出戻ったあたしに、どんな花が咲かせられるのかしら」

「わっちは、女房とは六年も一緒に暮らしておりますが、まだ子ができる兆《きざ》しはありません」

喜十がそう言うと、娘は「まあ」と驚いた顔になった。

「女房は可哀想な奴《やつ》なんですよ。てて親は材木問屋をやっておりましたが、ダチに騙《だま》されて借金を背負い、店を潰《つぶ》されてしまいました。それだけならまだしも、てて親は、がっくりと力を落として死んじまったんですよ。母親もてて親の後を追うように半年後に……一人ぼっちになった女房は柳原の土手で首縊りをしようとしたんですよ。まあ、それを助けた縁で、わっちは女房と一緒になったんですがね。首縊りなんざ、するもんじゃありませんよ。女房はそれが原因で、でかい声が出せなくなったんですから」

「そんなお内儀さんでも古手屋さんは離縁せずに一緒に暮らしているんですか」

娘は不思議そうに訊く。

「何んで離縁しなけりゃならねェんですか。女房はちゃんと家の中のことをしてくれるし、商売も助けてくれる。わっちはありがたいと思っているんですよ。まあ、子がないのは寂しいですけど、どうしてもできない時は養子を迎える手もありますからね。あまり深く考えちゃおりません」

「羨《うらや》ましい」

娘はため息交じりに言った。

「お嬢さんには親身に思って下さるご両親がいるじゃねェですか。うちの女房より何倍も倖《しあわ》せなんですよ」

「本当にそうだよ、およし」

お内儀は喜十の意見に同調する。主も深く肯いた。

「お嬢さんを心から思ってくれるご亭主は、きっと見つかります。何しろお嬢さんはいいきれえですからねえ。やけにならずに、それまでご両親に親孝行して下さいよ。わっちからもお願い致します」

喜十は笑顔でそう言ったが、娘は口許《くちもと》に掌を当てて咽《むせ》び泣くだけだった。

六

大津屋に渡った蝦夷錦は人形の蒲団にするため、さらに細かく鋏《はさみ》が入れられていたが、どういう形になったにせよ、とにかく藩に戻せば事足りると、喜十はそれを風呂《ふろ》敷《しき》に包んで持ち帰った。

大津屋のお内儀は買い戻しの一分を受け取らなかった。それは喜十に対する礼でもあったのだろう。

喜十はそれを菊良にそのまま持って行った。

菊良は大層喜び、喜十に一朱の手間賃をくれた。ちゃんと礼儀を心得ている男だった。

それに比べ上遠野平蔵は一分で買い戻したと言っても「そうか、物入りだったの」と、知らぬ顔の半兵衛を決め込むつもりだった。

喜十は、むっと腹が立った。

「旦那《だんな》は内与力様を通じて、松前様からご褒美《ほうび》を頂戴《ちょうだい》しねェんですかい。一分も遣ったわっちの立場はどうなるんで？」

上遠野はむむっと口ごもった。だが、銭を出す様子は見せない。

「さいですか。旦那は最初《はな》っから、わっちに銭を出させて手柄を独り占めする魂胆だったんですね」

「無礼者！」

上遠野はその時だけ侍の威厳を見せる。

「へい、わっちは確かに無礼者でござんす。こんな無礼者の所にはお顔を出さない方がよござんすよ。御身《おんみ》の穢《けが》れとなりましょう。以後、旦那とのおつき合いは平《ひら》にごめんなすって」

喜十はそう言って、二階の部屋に足音高く上がった。おそめが一生懸命、上遠野の機嫌を取っている。早く追っ払え、と喜十はおそめに念を送った。

やがて、階下が静かになったと思うと、おそめが「お前さん、お前さん」と階段の下で呼ぶ声が聞こえた。

「上遠野様はお帰りになりましたよ。降りてらっしゃいましな」

喜十はほっとして、ゆっくりと階下に降りた。

「ほら」

おそめは含み笑いを堪《こら》える顔で、上遠野が使った座蒲団を眼で促す。そこには一分銀がひとつ載っていた。

「上遠野様は、悪い方ではありませんよ。ちゃんとお前さんの掛かりを置いて行ったじゃありませんか」

「黙っていたら知らん顔したんだ、あの人は」

喜十はいまいましそうに言う。

「そうね。でもそれは今までもよくあったことじゃないですか。今さらお前さんが腹を立てることでもありませんよ」

「そうかなあ」

「そうですよ」

「いいことにするか」

「ええ」

おそめは満面の笑みになった。

「おそめ、明日、鰻屋《うなぎや》に出前を頼もうか」

喜十は途端に機嫌のいい声で言う。

「一分が入ったから？」

「ああ」

「でもそれは、お見世のお金から出したのでしょう？」

「違うよ」

喜十は菊良と大津屋の経緯をおそめに教えた。

「じゃあ、お前さんは黙って一分と一朱を手に入れたのね。呆《あき》れた。上遠野様をあれほど詰《なじ》ったくせに」

おそめは咎める眼で喜十を見る。

「一分は旦那の借金から引いておくさ」

「勝手な理屈だこと」

おそめはぷんと膨《い》れた。だが、ふと上遠野が座っていた辺りに眼をやった。

「あら、何かしら」

座蒲団の下に布のようなものが覗《のぞ》いている。

おそめが摘まみ上げたそれは、およそ三寸四方の蝦夷錦の端切れだった。大津屋から持ち帰った蝦夷錦を上遠野へ渡す時、喜十は、きれいに中身を揃《そろ》え直した。風呂敷にすべて入れたつもりだったが、それだけがはみ出てしまったのだろうか。

「座蒲団にくっついちまって、気づかなかったのかな」

「そうかも知れませんね。でも、変わった布ですね。綸子《りんず》でもないし、友禅《ゆうぜん》でもない。生地は絹物のように思えますけど」

「異国のものだよ」

「まあ、異国ですか。道理で」

おそめは感心した表情で蝦夷錦を見つめる。

喜十もおそめの横でしみじみと見た。恐らくは身分の高い者が着ていたのだろう。しっとりした絹地に精巧な縫い取りがしてあるところからも、それが察せられた。だが、その布のために蝦夷の子供が犠牲となった話を思い出すと苦い気持ちにもなった。

美しいものに、むごさがつきまとうのはなぜなのだろう。喜十は蝦夷錦を見つめながら思った。

「これ、いただいてもいいかしら」

おそめは喜十に訊いた。

「そんなもの、どうする」

「お守り袋にするの」

「何んのお守りだい」

「子授け地蔵の」

「……」

「いいでしょう？」

おそめがあまりに無邪気に訊くので、喜十はあやうく涙ぐみそうになった。

「それはご禁制の品だから、持っていることが知れたら大変なことになる。後で上遠野の旦那にお返しするよ」

喜十はおそめの手から奪い取って懐《ふところ》に入れた。おそめは残念そうな顔をしていたが、それ以上は何も言わなかった。

その後、松前藩は藩主の言動にふとどきな点、多々あるとしてお咎《とが》めを受けたという話を喜十は上遠野から聞いた。さもあろうと喜十は思ったが、もちろん、余計なことは喋《しゃべ》らなかった。上遠野は蝦夷錦の残りを始末せよ、と言ったが、喜十はもったいなくて、捨てることも焼くこともできなかった。おそめが万が一、子供を産んだ時に改めてお守り袋にしてやろうと思った。それまで、押し入れの行李《こうり》の中に蝦夷錦を眠らせておくつもりだった。

八月に入り、喜十は小切れ売りの菊良から大津屋の娘が店の手代と祝言《しゅうげん》を挙げると聞かされた。相手の手代は喜十に喰って掛かった平助という男らしい。

(何んだ、あの男は娘に惚《ほ》れていたのか)

そう思うと、喜十は平助に受けた狼藉《ろうぜき》も笑って許せる気がするのだった。

仮《かり》宅《たく》

一

　空が高く感じられるのは江戸が秋を迎えたからだろう。紅葉《こうよう》の時季にはまだ早いが、頬を嬲《なぶ》る風は、ひんやりと冷たく、冬の到来が近いことを感じさせる。天気がよければ、散歩がてら浅草寺《せんそうじ》に詣《もう》でる人々は相変わらず多い。その参詣客《さんけいきゃく》を当て込み、通りに面している小商《こあきな》いの店もそこそこ繁昌《はんじょう》の様子である。それにしても、浅草広小路界《かい》隈《わい》が例年にない賑《にぎ》わいを見せているのは、吉原の遊女屋が火事で焼け、仮宅《かりたく》が打たれているせいもあろう。

　仮宅とは吉原の遊女屋が火災に遭った時、期間を定めて吉原以外の場所で営業することをいう。吉原の見世《みせ》が本宅だから、臨時の見世は仮宅となる訳だ。仮宅では万事が略式となり、当然、揚《あ》げ代も安い。浅草での仮宅営業が七年ぶりということもあり、通り過ぎる男達の表情もいつもと違って感じられた。

　遊女屋が仮宅に使う見世は料理茶屋、水茶屋などが選ばれた。普通の民家を遊女屋に使うには、やはり不向きだからだろう。仮宅に選ばれる場所も吉原に近いせいもあって浅草が多かった。

この度の仮宅のひとつである「巴山屋《ともえやまや》」は田原町《たわらまち》二丁目の角にあった蕎麦屋《そばや》「やぶ源《げん》」を借り受けた。やぶ源の主《あるじ》はこの機会に店を休み、女房と息子夫婦ともどもお伊勢参りに繰り出すという。正月以外は商いを続けていたやぶ源の家族にとって、またとない骨休みだった。蕎麦屋を休業し、お伊勢参りをしてもお釣りが来るほど巴山屋から金が入るということだろう。近所はやぶ源を羨《うらや》んでいた。

古手屋《ふるてや》を営む喜十《きじゅう》だって盆や正月もなしに商いをして来たので、やぶ源がつくづく羨ましかった。

しかし、遊女屋が古手屋を仮宅に使うなど、万に一つも考えられない。ないものねだりだと了簡《りょうけん》して諦《あきら》めるより外《ほか》なかった。

やぶ源は商売道具や家財道具を近くの空き家に運び、店の片づけを済ませると慌《あわただ》しくお伊勢参りに旅立った。旅の手形は町名主《まちなぬし》が便宜を計らって早々に出したのだろう。仮宅が出れば町内が活気づくことを町名主は十分承知している。

吉原の遊女屋は火事になると、即座に仮宅の手配をする。この度も火事から十日余りで浅草や本所の仮宅へ引っ越して、その三日後には営業を始めていた。

引っ越しが済むと、遊女屋の主は深川の木場に預かっている材木ですぐさま吉原の建物の普請《ふしん》に掛かる。いつ何刻《なんどき》火事が起きても困らないように、常に建物一軒分の材木は確保しているという。まあ、中には材木の工面ができずに潰《つぶ》れてしまう見世もあるにはあったが。

巴山屋の仮宅があるせいで、喜十の見世である「日乃出屋」の前の通りも普段より人出が多くなった。日乃出屋も田原町二丁目の通りに見世を出していた。

日暮れともなれば、仕事を終えた職人連中が張り見世に出ている花魁《おいらん》、振袖新造《ふりそでしんぞ》の顔をひと目拝みたいと、血走った眼をして日乃出屋の前を通って巴山屋を目指すのだ。

「田原町に仮宅が打たれるなんて珍しいですね。たいていは大川に近い町が選ばれるのに」

喜十の女房のおそめは見世の前を通り過ぎる男達を見ながら言った。おそめの言うように浅草での仮宅は花川戸町《はなかわどちよう》、並木町《なみきちよう》、三間町《さんげんちよう》、南馬道町《みなみうまみちまち》、南馬道新町《しんまち》、新鳥越町《しんとりごえちよう》、橋場町《はしばちよう》、今戸町《いまどちよう》、それに山川町《やまかわちよう》が主《おも》で、田原町というのは初めての例だった。

「いい場所は大見世に先回りされて、うまく行かなかったのだろうよ」

喜十は気のないそぶりで応《こた》える。喜十も男の端くれだから、近所に仮宅ができたとなると、胸の内は穏やかでない。しかし、それをあからさまに顔に出しては、おそめの手前、具合が悪かった。女房どもは仮宅と聞いただけで眉《まゆ》をひそめる者が多い。

　吉原の遊女屋は大籬《おおまがき》と呼ばれる最高級の大見世から半籬交《はんまがきまじり》、惣《そう》半籬の中見世、さらに小見世もある。籬とは見世の土間口と張り見世の間を仕切る格子《こうし》のことで、それは見世の格式を意味するものだった。

「近江屋《おうみや》さんは商売熱心なこと。浅草で仮宅が打たれるとなると、すぐに『仮宅細《さい》見《けん》』を板行《ばんこう》するのですもの」

　おそめは半ば呆《あき》れたような表情で言う。

「吉原細見」は耕書堂蔦屋《こうしょどうつたや》という書肆《しょし》が一手に引き受けている吉原案内図だが、日乃出屋に仮宅細見を置かせてくれと頼んで来たのは浅草の近江屋という小さな書肆だった。蔦屋はこのことを知っているのだろうかと気になったが、近江屋とは同じ浅草で商売している縁もあり、喜十は、余計なことは言わずに引き受けたのだ。

　日乃出屋の土間口前には「仮宅細見あり〼《ます》」の半切《はんせつ》（広告）を出している。その半切はおそめが書いたものだ。近江屋は三つ折りにした刷《す》り物を三十ばかり置いて行ったが、その日の内にすべて売れた。近江屋は大喜びで、さらに百を追加してよこした。

　近頃の日乃出屋は古着よりも仮宅細見の手間賃が大きな実入《みい》りとなっていた。

　仮宅細見には大籬は■で表示され、半籬交は▲◑、惣半籬は◑の印がついている。

その印を見ただけで見世の格式が一目瞭然《いちもくりょうぜん》だった。なるほど便利な刷り物である。それによると巴山屋は惣半籬の中見世となり、田毎《たごと》と七里《ななさと》という源氏名《げんじな》が最初にあった。この二人が花魁で見世の稼《かせ》ぎ頭《がしら》らしい。源氏名の字も大きい。それから浦風《うらかぜ》、住吉《すみよし》、若松《わかまつ》、花園《はなぞの》、千代橋《ちよはし》と続き、二段目には振袖新造であろうか、雛菊《ひなぎく》、菊千代《きくちよ》、境川《さかいがわ》、若浦《わかうら》、増千代《ますちよ》などが続く。三段目になると、あまり字が小さくてろくに読めなかった。

喜十はおそめが台所に引っ込むと、つい細見に手を伸ばすので、巴山屋の抱え遊女の源氏名はすっかり覚えてしまった。

北町奉行所隠密廻《おんみつまわ》り同心上遠野平蔵《かとのへいぞう》が日乃出屋を訪れたのは浅草に仮宅が打たれてから十日ほど経《た》った頃だった。

上遠野はたいてい夜に日乃出屋を訪れるので、日中、それも午前中の四つ（十時頃）に変装もせず、着流しに紋付羽織を重ねた同心の恰好《かっこう》で現れた時、喜十は思わず

「旦那《だんな》、お務めが変わったんですかい」と訊《き》いた。

「何んだとう？」

上遠野は怪訝《けげん》な眼を喜十へ向けた。

「違うんですかい。これはご無礼致しました」

喜十は慌《あわ》てて頭を下げ、店座敷へ促《うなが》した。

「たまにまともな恰好をしているんで、お前ェ、面喰らったようだな」

上遠野は、たばさんでいた両刀を傍《かたわ》らに置き、胡坐《あぐら》をかいて座ると苦笑いした。

「へへ、その通りで」

「奉行所の同心に出世も転役もあるものか。わしは当分の間、浅草詰《づ》めよ。ほれ、吉原の妓楼《ぎろう》が浅草に仮宅を打ったからだ。そうなると、色々面倒なことも起きる。警護に当たるようにと、上からのお達しだ」

「色々面倒とは？」

喜十は上遠野の分別臭い顔をまじまじと見た。

「うむ。まず、遊女の逃亡だな。だいたい、吉原の火事の大半は付け火《び》（放火）が多いのだ。この度の火事も付け火の疑いが濃い。遊女が逃亡を企《たくら》んで付け火をしたとも考えられる。下手人が捕まっておらぬから、はっきりしたことは言えぬが」

上遠野は腕組みして応えた。

「なるほどねえ。付け火をしたのが遊女なら、仮宅に移った機会に逃げ出す算段をしてもおかしくありやせんよね」

喜十は上遠野の話に相槌《あいづち》を打つように応えた。その時、店座敷にいた二人のために、おそめが茶を運んで来た。上遠野はおそめの笑顔に相好を崩した。

「上遠野様、お務めご苦労様でございます。本日はまあ、お早いお越しで」

おそめはそう言って、羊羹《ようかん》を載《の》せた菓子皿と湯呑《ゆのみ》を上遠野の前に差し出した。

「お内儀《かみ》、雑作を掛ける」

上遠野は、おそめにだけは礼儀正しい。

「いえいえ。何んのお構いもできませんで」

「おそめ、旦那は仮宅の警護で当分浅草通いだそうだよ」

喜十はおそめに教えた。

「まあ、そうですか。それならお手隙《てすき》の時はいつでもお立ち寄り下さいませ」

おそめは張り切って言う。喜十はうんざりした。上遠野は図々《ずうずう》しい男だから、おそめの愛想を真に受けて毎日通って来そうな気がした。案の定「うむ。しばらくは日乃出屋へ、ちょくちょく顔を出すことになろう」と応えた。

「どうぞどうぞ」

おそめは嬉《うれ》しそうに言った。

「旦那、さっきの話の続きですが、遊女の逃亡を警戒しなければならないとおっしゃいましたが、その他にも何かございますかい」

喜十は茶をひと口啜《すす》って訊いた。

「他に？」

「ええ。ちょうど巴山屋という遊女屋がすぐ近所に仮宅を打ったもので、わっちもちょっと気にしておりやした。何かあったら、すぐに旦那へお知らせするつもりなんで……それに、こんなものを置く羽目にもなりまして」

言いながら喜十は店座敷に置いてあった仮宅細見を手に取って上遠野に見せた。

「ほう、古手屋が内職に細見売りをするようになったか」

上遠野は小ばかにしたように言う。

「とんでもねェ。近所の書肆の番頭が無理やり置いて行ったんでさァ」

「これは幾らで売っているのだ」

「へい、三十六文ですよ」

「高直《こうじき》なものだの。それでも男どもは喜んで買って行くのだろうの」

「さいです」

「手間賃は幾ら貰《もら》う？」

「そのう、ひとつにつき六文ということで」

喜十は渋々応える。

「いい内職だ」

上遠野はそう言うと、涼しい顔で細見を懐《ふところ》に入れた。見せるんじゃなかったと、喜十は後悔した。上遠野は喜十が細見を只《ただ》でくれたと思っているらしい。今さら三十六文を出せとは言い難かった。おそめは喜十の表情が可笑《おか》しかったのか、含み笑いを堪《こら》えていた。

「心中だな」

上遠野は羊羹を黒文字《くろもじ》で切って口に入れると、ぽつりと言った。

「へ？」

「だから、遊女の逃亡の他に警戒しなければならぬのは心中だ」

「客と遊女が、ですかい？」

「いかにも。吉原での客と遊女のやり取りは引き手茶屋も絡《から》むし、初会《しょかい》、裏を返して、三度目にようやくなじみとなるなど、細かな仕来《しき》たりがある。客も遊女も売りもの、買いものと了簡して、本気を出すことは滅多にない。したが、仮宅だと客はうるさい仕来たりをはしょって気軽に遊べるし、何より遊女どもが大門《おおもん》の外にいるという解放された気分になっておる。これが曲者《くせもの》で、常は胸の奥にしまっていた本気が頭をもたげることもあるのよ」

「なるほど」

「昔、そうよのう、あれは天明四年（一七八四）に吉原が全焼して仮宅が打たれたことがあった。その時の仮宅の営業期間は四百日にも及んだそうだ。それでの、四千石の旗本で藤枝外記《ふじえだげき》という御仁《ごじん》がおっての、無聊《ぶりよう》の慰めに大菱屋《おおびしや》という妓楼の仮宅へ揚がり、綾絹《あやぎぬ》という遊女となじみになったのよ」

藤枝外記は綾絹にぞっこん惚《ほ》れ込み、綾絹もまた、自分の立場を忘れて外記にのめり込んだ。そうして仮宅営業が終わった天明五年（一七八五）八月六日から数えて八日目に外記と綾絹は心中事件を起こす。これにより、藤枝家は四千石を没収されてしまう仕儀《しぎ》になったという。

「君と寝ようか、五千石取ろか、なんの五千石、君と寝よ」

上遠野は得意そうに当時流行《はや》った俗謡《ぞくよう》を口ずさむ。

「旦那、五千石じゃなくて、四千石じゃなかったんですかい」

喜十がそう言うと、上遠野は気を殺《そ》がれ「うるさい。四千石なら語呂《ごろ》が悪いだろうが」と、癇《かん》を立てた。そうかなあ。喜十は天井を仰《あお》いでぶつぶつと呟《つぶや》いた。別に語呂の悪さは感じなかった。

「とにかく、何か気になることがあれば、わしに伝えろ。よいな」

上遠野はそう言って腰を上げた。これから見廻りをするのだろう。喜十が土間口の外まで見送りに出ると、土地の岡っ引きが慌てて傍にやって来た。当分の間、上遠野は銀助《ぎんすけ》という三十がらみの岡っ引きと行動を共にするのだろう。

二

普段の田原町の夜は、ひっそりと静まっているのだが、巴山屋の仮宅のせいで三弦《さんげん》の音が賑《にぎ》やかに響き、けたたましい笑い声も聞こえた。それでも吉原より早く店仕舞いを命じられているようで、喜十が暖簾《のれん》を下ろす四つ刻には、客も三々五々、引き上げていた。

「また来ておくんなんし。忘れんすなよ」

廓言葉《さとことば》で見送る遊女達の声を聞くと、喜十はつかの間、ここが田原町ではなく吉原の町の一郭かと思ってしまう。吉原には、ついぞ足を踏み入れたことのない喜十だったが。

そんなある日、日乃出屋に湯屋帰りの女が小桶《こおけ》を抱えてやって来た。洗い髪を櫛巻《くしま》きにし、小花を散らした薄紫色の袷《あわせ》に博多の半巾帯《はんはばおび》を締めた大層粋《いき》な感じの女だった。

「縞物《しまもの》の袷を見せておくれな。できれば襟に黒八《くろはち》を掛けたものがほしいのさ」

女は二十五、六の年頃に思えた。浅黒いがきれいな肌をしていた。なつめ形の眼にも張りがある。湯上りのいい匂《にお》いが喜十の鼻腔《びこう》をくすぐった。黒八とは襟が汚れないように縫いつけた黒い布のことである。町家の娘や女房の普段着には、たいてい黒八を掛けている。

「承知致しました。縞物と申しましても様々ございます。太いのもあれば細いのもございます。お客様のお好みはどのような」

喜十は上目遣いで女を見ながら訊いた。

「町家のおかみさんが普段着ているような、あまり目立たず地味なのでいいよ」

「さようですか。それでは……」

喜十は衣紋竹《えもんだけ》に吊《つ》るしてある着物を掻《か》き分け、何着か選んで女の前に拡《ひろ》げた。

女はさして躊躇《ちゅうちょ》することなく、その中から、縹色《はなだいろ》（薄い藍色《あいいろ》）の地に、黒の細縞が入った一着を選んだ。

「幾らだえ」

「へい。おまけして四十八文でいかがでしょうか」

「あい……」

女は懐から手作りらしい友禅《ゆうぜん》の巾着《きんちゃく》を取り出し、ざらざらと喜十の前に波銭（四文）を落とし、ひい、ふう、みいと数える。四十八文を払うと、後にはさほど銭が残らなかった。

「古手屋さん、悪いがこれを二、三日預かっておくれな」

女は巾着をしまうと喜十にそう言った。

「それは構いませんが、それでは預かり証をお出ししましょうか」

「いいや、それには及ばない。古手屋さんは信用できるお人だ。顔をみればわかるよ。それじゃ、頼んだよ」

「あ、お客様。せめてお名前を伺ってよろしいでしょうか」

喜十は背を向けた女に慌《あわ》てて訊《き》いた。

「わっちの名前かえ？　たご……いえ、梅《うめ》と申しいす。それじゃ……」

女が出て行くと、喜十は妙な気持ちになった。「申しいす」という言葉遣いが引っ掛かる。町家の女は、そんな言い方はしない。

「梅といいます」もしくは「梅という名前ですよ」だろう。かと言って、武家の女の言葉遣いでもない。「申しいす」ではなく「申します」だ。するとあれは吉原の遊女達が遣う廓言葉ではないかという気もしてきた。

廓言葉は様々な土地からやって来る遊女の素性を隠す意味で用いられるようになったという。ありんす言葉と呼ばれる独特の言葉遣いは吉原のひとつの象徴でもあった。日乃出屋で袷を買った女は伝法《でんぽう》な口を利《き》いて遊女であることを隠したつもりだろうが、帰る間際《まぎわ》になって、つい気が緩《ゆる》み、いつも遣っている廓言葉がぽろりと出たのではないか。

そして、町家のおかみさん連中が着るような地味で目立たない着物を買ったのは、逃亡を図る目的ではあるまいか。喜十は様々な憶測をして頭がこんがらがりそうだった。

「お客様でした？」

洗濯を終えて店座敷に現れたおそめは、拡げられた着物を見て訊いた。

「ああ、これが売れたよ」

喜十は女が買った袷を見せた。

「お持ち帰りにならなかったんですか？」

「二、三日、預かってほしいと言われたよ。お代はいただいたから心配しなくていいよ」

「でも、これは黒八が少し汚れていますね。取り替えてあげなきゃ。それに着物の生地もくたびれていること。もっと違うのをお勧めしたらよかったのに」

おそめは喜十の気の利かなさを詰《なじ》った。

「だって、客はこれでいいと言ったんだぜ。町家のおかみさんが着るような地味で目立たないのがほしいって」

喜十は不満そうに口を返した。

「当節の町家のおかみさんだって、もう少しましなものを着てますよ」

おそめはぷりぷりして、茶の間から裁縫箱を持って来ると、鋏《はさみ》で黒八を剝《は》がした。おそめが言ったように黒八の真ん中には襟垢《えりあか》が一本の筋《すじ》のようについていた。着物についていた時はさほど目立たなかったが。

その袷は古手屋の仲買いから目方で買った中に入っていたものである。元の持ち主のことはわからない。ただ、着古した袷を売らなければならなかった元の持ち主の事情を考えると、喜十は何やら複雑な思いに捉《とら》われた。

古手屋商売をいやだなと感じるのはそんな時である。

だが、おそめは喜十の思惑など知る由《よし》もなく、手際よく黒八をつけ替えた後で「ほら、お前さん。ずっと見栄《みば》えがよくなったでしょう?」と、得意そうに笑った。

「ほんとだ。おそめは裁縫の名人だねえ」

「いやだ。黒八をつけ替えただけで大袈裟《おおげさ》なことは言わないで。これでお客様も気持ちよくお召しになれますよ」

おそめはそう言ってから丁寧に着物を畳み、風呂敷《ふろしき》に包んだ。それから店座敷の棚に収めた。

「これでよしと」

おそめは自分に景気をつけるように言った。

「その袷を買った客なんだが……」

喜十は思案顔で呟いた。

「なあに」

「どうも気になるんだよなあ。もしかして仮宅の妓《おんな》じゃなかろうかと」

「だったらどうだと言うの？」

おそめは不思議そうに訊き返した。

「いや、何んでもない」

「言い掛けて途中でやめるのはよくないですよ。気になることがあるなら話して下さいな」

おそめはまじまじと喜十を見た。さっきの女よりおそめの方が色白だと思う。だが、器量は向こうに軍配が挙がるか。喜十はつまらないことを考える。

「おそめは幾つになってもきれえだよ」

喜十は、はぐらかすように言った。

「あら……」

虚を衝《つ》かれた表情になった後、おそめは腰を折って笑いこけた。

「他人様が聞いたら何んと思うか知れたものではありませんよ。ああ、ばかばかしい」

おそめはそう言ったが喜十の褒め言葉に気をよくしているふうだった。おそめは中食《ちゅう》《じき》の用意をするため、すぐに台所に引っ込んだ。

おそめが話の続きを急《せ》かさなかったので、喜十はほっとしていた。しかし、あの女のことは気になる。上遠野に話すべきだろうか。

あの女が付け火をして見世を焼き、仮宅に移ったところを狙《ねら》って逃亡を企てているとしたら黙っている訳にも行くまい。そう思う一方、女が長年、苦界《くがい》づとめを強《し》いられて来たことに同情を覚える。

遊女屋の主は何んだかんだと理由をつけて遊女達の借金を増やしている。また、年季が明けても遊女の年季が明けるまで、がんじがらめにその身体《からだ》を縛《しば》る。二十七歳立場は微妙だ。親許《おやもと》に帰っても、隣り近所は吉原にいたことを察しているはずだから、あれこれ噂《うわさ》する。まともな嫁入りの口も、おいそれとはない。肝腎の親もそんな娘が家にいることが落ち着かない。

そうなると、見世にいる間に金のある客に身請《みう》けして貰《もら》うか、番頭新造として見世に残り、花魁《おいらん》、振袖新造《ふりそでしんぞ》の世話をするしかないのだ。

喜十は取り出していた着物をのろのろと片づけながらもの思いに耽《ふけ》っていた。多分、その日の内に上遠野が日乃出屋にやって来たのなら、喜十もあの女のことを、それとなく打ち明けていたかも知れない。だが、上遠野は見廻りに忙しいのか、さっぱり姿を見せなかった。

女は二日経《た》っても三日経っても袷を取りに現れなかった。店座敷の棚には山吹色の風呂敷包みがぽつんと置かれたままだ。それを眼にする度、喜十は詮《せん》のないため息をついた。

岡っ引きの銀助が慌てて日乃出屋にやって来たのは、女の客が訪れてから十日ほど経った夜の五つ（午後八時頃）辺りの時刻だった。

「てェへんだ。仮宅で相対死《あいたいじに》（心中）が起きた。日乃出屋、ひとっ走り、上遠野の旦《だん》那《な》を呼んで来てくれ」

銀助は命令口調で言った。喜十の胸はその拍子にどきりと音を立てたが「親分、何んでわっちが上遠野の旦那を呼びに行かなきゃならねェんで？」と、訊いた。

「何んだとう。手前ェ、旦那の小者《こもの》（手下）じゃねェか。それなりの物もいただいているはずだ。行って来いと言ったら、素直に行かねェか」

銀助は顔色を変え、甲走った声を上げる。

「わっちが旦那の小者？　親分、ご冗談を。わっちは古手屋の親仁《おやじ》で、旦那の小者じゃありやせんよ。旦那は着物絡《がら》みの事件が起きると、うちの見世にお立ち寄りになるだけですよ。勘違いされちゃ困ります」

「え？」

銀助はまじまじと喜十を見て「違うのけェ」と低い声になった。これは上遠野が喜十のことを、あたかも小者であるかのように話しているからだろう。あの上遠野なら、それぐらいしてもおかしくない。銀助はどうしてよいかわからないという態《てい》で、月代《さかやき》の辺りをぼりぼり搔いた。

「子分に行かせたらどうですか。うちもまだ暖簾を下ろすには早いので、見世は空けられやせんよ」

喜十はやんわりと理由をつけた。

「野次馬が仮宅の周りに集ってよう、うちの若い者は躍起になってそれを制しているのよ。相対死が起きた部屋は血の海で、主もお内儀もぶるぶる震えてどうしようもねェのよ。それでお前ェさんを思い出したんだが……」

銀助は長い吐息をついた。心中事件が起きたのは巴山屋ではないらしいと、その時、喜十は気づいた。三弦の音は響いていたが、野次馬が押し寄せている様子がなかったからだ。

「事件が起きたのはどこの仮宅ですか」

「花川戸の三船屋《みふねや》よ。若舟《わかふね》という振袖新造が間夫《まぶ》と匕首《あいくち》で刺し違えたのよ」

それを聞くと、喜十の気持ちは変わった。

「親分は手が離せなくてお困りのようですね。わかりました。この度だけはわっちが骨を折りますよ」と応えた。

「恩に着るぜ、喜の字」

銀助は夜が明けたような表情になり、煙草《たばこ》の脂《やに》で汚れた疎《まば》らな歯を見せて笑った。

喜十は銀助が出て行くと、黒の前垂れを外し、長羽織を着物の上に重ねた。おそめを呼んで事情を伝えると「お前さん、舟が早いですよ。歩いていたら町木戸が閉じる時刻になってしまいますから」と知恵をつけてくれた。

「わかった。お前、悪いが戸締りをして、先に休んででおくれ。わっちはご用が済んだら勝手口から入るよ」

「お気をつけて」

おそめは心配そうな顔で喜十を見送ってくれた。

喜十は顔見知りだった駒形町《こまがたちょう》の船宿「増川屋《ますかわや》」に向かい、お内儀《かみ》に頼んで猪牙舟《ちょきぶね》を出して貰った。猪牙舟は吉原通いの客が利用する細身の舟で、すばしっこく大川を走る。

「旦那、仮宅帰りですかい」

猪牙舟に乗り込むと、年寄りの船頭は水棹《みさお》を使いながら呑気《のんき》にそんなことを訊いた。確か為蔵《ためぞう》という名前だった。

「わっちの顔を忘れたようだね」

喜十は皮肉で応《こた》えた。為蔵はしばらく思案してから「あ、古手屋の旦那でしたか」と、慌てて言った。

「八丁堀へ奉行所の旦那を迎えに行くんだよ。三船屋の仮宅で相対死が起きたそうだ」

「どうりで、花川戸の辺りが騒がしいはずだ。そいじゃ、折り返し、こっちへ戻りなさる訳ですね」

「ああ、そうだ。待ってくれるかい」

「合点でさァ。八丁堀のどちらへ行きなさる」

「うむ。北島町《きたじまちょう》だ」

「そいじゃ、亀島川《かめじまがわ》まで舟を乗り入れて、そうですね、霊岸橋《れいがんばし》の辺りで待つことにしまさァ」

為蔵はてきぱきと段取りをつけた。年は六十を過ぎているはずだが、まだまだ元気だ。

大川は波が出ていないのが幸いだったが、川風がやけに滲《し》みた。振り返ると、大川沿いに点々と町の灯りがともっている。きれいだな、と喜十はうっとりと夜の景色を眺めた。

猪牙舟に乗るのは久しぶりだった。だが為蔵は、岸を離れるとぐんぐん加速した。舟の縁《へり》に摑《つか》まっていなければ振り落とされそうな勢いだった。喜十は少し船酔いを覚えた。

八丁堀に着いて、亀島町川岸に下りると、足許が少しよろけた。

「大丈夫ですかい」

為蔵は心配そうに訊《き》いた。右手を挙げて返事の代わりをし、急いで北島町へ向かった。

提灯《ちょうちん》を持って来なかったので、まるで足許が見えない。覚つかない足取りで東へ一町ほど歩くと、岡っ引きらしい男に呼び止められた。

「見慣れねェ顔だの。どこへ行く」

男は胡散《うさん》臭い眼で喜十を見る。岡っ引きは提灯を持っていた。

「北の御番所の上遠野の旦那のお住まいはどちらでしょうか。夜のことで見当がつけられなくて往生しておりました」

喜十が笑いながら言ったのが、やぶへびだった。こんな時刻に上遠野の旦那へ何用がある、ちょっと来い、ということになり、近くの自身番に引っ張られてしまった。

さんざん事情を説明して、子分が北島町の組屋敷へ向かったのは半刻《はんとき》(約一時間)も経ってからだった。それからまた小半刻(三十分)ほど待たされ、ようやく上遠野は眠そうな眼をして現れた。

「喜十、ご苦労だったな」

上遠野は一応、喜十をねぎらったが、喜十は岡っ引きが自分に対して横柄《おうへい》な扱いをしたことに腸《はらわた》が煮えるようだった。銀助から出迎えを引き受けるんじゃなかったと、ひどく後悔していた。

「心中が起きたとな？　やはりな。そいじゃ、行くか。今夜はお前の見世に泊まるつもりだから、よろしく頼むぞ」

上遠野は喜十の気持ちも知らず、呑気に言う。何がやはりな、だ。

「へい、それは構いませんが……」

喜十はようやく応えて腰を上げた。岡っ引きはすまなそうな顔もしていない。

「親分は人を見る眼がありやせんね」

そんな捨て台詞《ぜりふ》を吐かなければ喜十の気持ちは治まらなかった。

「何言いやがる。手前ェが怪しい面《つら》をしていたからだろうが」

岡っ引きは怯《ひる》まず言葉を返した。

「旦那、ちょっと、おっしゃって下さいよ。わっちの立つ瀬も浮かぶ瀬もありませんよ」

喜十は上遠野に縋《すが》る。

「伊蔵《いぞう》、少し口を慎め」

上遠野はそう言ったが、含み笑いを堪《こら》えているような表情だ。伊蔵という岡っ引きが喜十のことを怪しい面をしていると言ったのがうけたらしい。

「へい、申し訳ありやせん」

伊蔵は渋々謝ったが、心がこもっていなかった。

「それでいいぞう」

喜十は岡っ引きの名前をもじってからかった。くそッ、といまいましそうな声が聞こえた。

霊岸橋の袂《たもと》へ行くと、為蔵は待ちくたびれた顔をしていた。

「さんざ、待たされて、こちとら骨の髄《ずい》まで冷え込んでしまいやしたぜ」

為蔵はちくりと文句を言った。どいつもこいつも自分を何んだと思っているのだろうと、喜十は内心で思った。少しは遠慮したもの言いができないものだろうか。

喜十は、むっとした気持ちを抑え「悪かったな。後で一杯やってくれ」と、波銭を五つばかり渡した。為蔵は途端に機嫌を直し、勢いよく水棹を使って舟を岸から離した。

花川戸町の三船屋の仮宅に着いた時は早や深更《しんこう》に及んでいた。心中事件を起こした振袖新造は死んでしまったが、敵方《あいかた》の男は急所が外れていたようで、命だけは助かったという。

男の身柄は銀助が詰める自身番に移され、医者の手当てが施《ほどこ》された様子だった。詳しい話は翌日に訊くことになりそうだ。

上遠野が三船屋の主に手短に事情を訊いた後「明日、もう一度、話を訊く。仏の始末をよろしく頼むぞ」と言い置いて三船屋を出た。

喜十は上遠野の話が終わるまで、外でじっと待っていた。ようやく外へ出て来た上遠野と一緒に喜十は日乃出屋に戻ったが、寒さと疲れで、足がガクガクしていた。

三

おそめは夜中にも拘《かかわ》らず、起きて待っていた。上遠野を同行した手前、喜十はほっと安堵《あんど》した。

おそめは手早く酒肴《しゅこう》の用意をした。熱燗《あつかん》の酒がその夜の喜十には何よりありがたかった。

「おそめ、遅くまで待っていてくれてご苦労だったね。後はわっちがやるから、お前は安心して寝ていいよ」

喜十はおそめをねぎらった。二人のやり取りを上遠野は腋《わき》の下をくすぐられたような表情で見ていた。

「お言葉に甘えて休ませていただきますよ。流しの下にお酒を置いていますから、お代わりする時は銚子《ちょうし》に移して、鉄瓶の湯で燗をつけて下さいね」

おそめは、こと細かく喜十に指示する。

「ああ、わかった、わかった」

「それから、お梅さんというお客様が袷《あわせ》を取りに見えましたよ」

「え？」

喜十の猪口《ちょこ》を持つ手がつかの間止まった。

「取りに来たのかい」

「ええ。お前さんによろしくとおっしゃってましたよ。あの方、巴山屋さんの仮宅にいらしたんですねえ。お前さんが言っていた通りでしたよ。お忙しくて、なかなか引き取りに来られなかったんですって。今夜はなじみのお客様をお見送りした時に、ふと思い出してお立ち寄りになったそうです。眼も覚めるような裲襠《うちかけ》をお召しになって、頭も、ほら、鼈甲《べっこう》の笄《こうがい》を幾つも挿《さ》して、本当にきれいでした」

おそめは思い出して、うっとりした顔で言う。梅という女が喜十の見世に何日も着物を預け、今頃になって引き取りに来たのは、どういう訳なのだろうか。いや、それによって、これからどんなことが起きるのか。喜十は三船屋の事件があった後だけに、何んだかいやな気がした。

「わかった……」

喜十は低い声で応えた。おそめは喜十の浮かない表情に心配そうだったが、上遠野の手前、深く詮索《せんさく》せず「お休みなさいまし」と言って寝間へ下がった。

「お前達夫婦は相変わらず仲がいいのう。羨《うらや》ましい限りだ。世の中にゃ、いがみ合っている夫婦も多いというのに」

上遠野は感心した様子で言う。

「そうですかねえ。うちは普通だと思いやすが」

喜十は照れを隠すように上遠野へ酌をした。

「仮宅の妓《おんな》がお前の見世で何か買ったのか？」

上遠野は猪口の酒をひと口啜《すす》ると、高野豆腐の煮しめに箸《はし》を伸ばした。それは晩めしのお菜《さい》の残りだった。

「ええ、縞物《しまもの》を」

「普段着にするつもりでか？」

上遠野は何気なく言ったようだが、喜十はその言葉で霧が晴れるような気持ちになった。

そうだ、何も逃亡するために古手屋から着物を買うとは限らない。遊女だって二六時中、仰々しいお座敷着を纏《まと》っている訳じゃなし、湯屋へ行ったり、ちょいと小間物屋へ買い物に出たりする時は普通の恰好《かっこう》もするはずだ。たまたま喜十の見世が傍にあったから、あの女は立ち寄っただけなのだ。普段着なら古着でも十分だろうし。

「そうだと思いますよ。あの人達も何んだかんだと金が掛かりますから、せめて普段着ぐらいは辛抱しようと思ったんでしょう」

喜十は清々した表情で応えた。

「いかさまな。したが、巴山屋の仮宅は、どうも奉行所からの許可が下りなかったらしい、主は当然許可が下りるものと思って早々に越して来たらしいが」

上遠野は、ふと思い出して言った。

「ですが、仮宅を打ってから、もう二十日以上も経《た》っておりますよ。今さら許可が下りないと言われても巴山屋の旦那《だんな》はどうしようもねェでしょう。引っ越しに遣った金も半端《はんぱ》じゃねェでしょうし」

喜十は巴山屋が気の毒になった。いや、それと知らずに家族でお伊勢参りを楽しんでいるやぶ源の一家も。

「仮宅は、おおかたは前例のある場所に許可が下りるのだ。以前、仮宅を打った場所にこの度も見世を構えるのでよろしくと書状で伺いを立て、問題がなければ許可が下りる。だが、これまで田原町に仮宅があった例はない。まあ、巴山屋の主の勇み足だな」

「となると、巴山屋はどうでも引っ越しをしなけりゃならねェってことですかい」

「恐らくな」

「ですが、巴山屋は適当な場所がなかったからやぶ源を借り受けたと聞いておりやす。これから見世を探すとなると、ちょっと難しいんじゃねェですかい」

「うむ。そこで三船屋だが……」

上遠野は猪口の酒を口に運んで、改まった顔になった。

「へい。三船屋がどうかしましたかい」

「心中事件を起こしたのだから、遊女と客の監督不行《ふゆ》き届きということで、奉行所は三船屋にしばらく休業を言い渡すはずだ」

「まあ、ごもっともで」

「その後釜《あとがま》に巴山屋が据《す》えられるはずだ」

「そいじゃ、三船屋の妓達はどこで寝泊りするんですかねえ」

「案ずるな。こういう時のために、妓楼は寮《りょう》（別荘）を用意しておる。そこでしばらく過ごしている内に休業期間も満ち、吉原の見世もでき上がっていることだろう」

「さいですか。遊女屋てのも色々、てェへんなもんですねえ」

「だから揚げ代が高いのも道理なのよ」

「なるほど」

喜十はようやく納得して、大きく肯《うなず》いた。

その夜は、それで丸く収まったはずだった。

梅という遊女が預かっていた着物を取りに来たことも、喜十は全く気にならなくなっていた。

間もなく、上遠野が言ったように三船屋に罰金刑と休業が言い渡され、向島《むこうじま》にある三船屋の寮に見世の人間が移った。その後で巴山屋は慌《あわただ》しく花川戸町へ引っ越しした。やぶ源はそのことをまだ知らずにいるはずだ。その月の店賃《たなちん》は正当に支払われたとしても、翌月からの分はない。いったいどうなることかと、喜十は他人事ながら心配していた。

岡っ引きの銀助は三船屋の心中事件に片がつくと、日乃出屋にやって来た。喜十を上遠野の出迎えに行かせた礼もあったのだろう。

「喜の字、この間は使い走りをさせて悪かったな」

銀助は浅草広小路の菓子屋が作っている羊羹《ようかん》を二棹《さお》差し出して頭を下げた。

「お役に立ててよかったですよ。親分、水臭い。こんなことはしねェで下さいよ」

喜十は却《かえ》って恐縮した。

「なに、いいってことよ。ほんの口汚しだァな」

銀助は鷹揚《おうよう》な顔で言った。そういうところは上遠野よりもできている男だと喜十は思う。

「ところで、三船屋で相対死を起こした敵方の男はどうなりました?」

喜十は気になって訊いた。

「ああ、あいつか。死罪よ」

銀助があっさりと応《こた》えたので、喜十は、うっと胸が詰まった。銀助は訳知り顔で話を続ける。

「相対死はよう、相手によって色々お沙汰《さた》も違うのよ。三船屋の場合、敵方が、しがねェ錺《かざり》職人だったんで、手前ェが生き残ったってことは若舟という振新（振袖新造《ふりそでしんぞ》）を殺したと同じになるのよ。まあ、死罪は気の毒だが、その男も若舟の傍に行けるから本望だろうよ。災難だったのは三船屋よ。吉原の見世は火事で焼けるし、仮宅では相対死事件で休業に追い込まれるし」

喜十は、生き残った者は三日間晒《さら》されて非人《ひにん》に落とされるのだろうと思っていたので、死罪という厳しい沙汰に心底驚いた。

どうやら心中を起こした者には主従関係が影響するらしい。商家の主と使われている下女が心中を図り、主が生き残った時は晒しの上、非人に落とされるが、反対に下女が生き残った時は主殺しとして死罪となるようだ。

この度の心中事件を起こした錺職人も三船屋の抱え遊女を死に至らしめ、見世に多大の迷惑を掛けたということで死罪となるのだろう。

わかりそうでわからない。何んだか矛盾も感じるが、お上が決めたことに素町人の喜十が文句を言えるはずもなかった。

「死んだ振袖新造は親元に引き取られるんですかい」

喜十がそう訊くと、銀助は鼻でせせら笑い、「存外、世間知らずだの。相対死で死んだ妓は投げ込み寺に運ばれるのよ。まともな弔《とむら》いもしねェ仕来たりだ」と小ばかにしたように言った。

「……」

遊女は生きるも地獄、死ぬも地獄だと思う。

「三船屋の後に仮宅を出した巴山屋も二重の引っ越しでいらぬ掛かりが増えた。稼げ稼げと妓どもをけしかけることだろうよ」

銀助は、そう続けた。

「やぶ源は巴山屋が引っ越したことをまだ知らねェんでしょうね」

「名主が早飛脚《はやびきやく》を出して向こうに知らせると言っていたぜ。やぶ源も当てが外れて、さぞがっかりすることだろう。聞いたか喜の字。店賃は月に五両だったんだぜ。やぶ源は二、三ヵ月、左団扇《ひだりうちわ》で暮らせると踏んでいたらしい。のぼせてお伊勢参りなんぞを企《たくら》むから、このざまになるのよ」

銀助は小意地悪く吐き捨てた。喜の字という呼び掛けも癇《かん》に障《さわ》る。喜十は銀助より、ふたつみっつ年上のはずだ。幾ら岡っ引きでも日乃出屋さんとか、喜十さんぐらい言ってほしいものだ。

「まあ、巴山屋も浅草にいる内に損した金を取り戻すだろう。吉原で火事になるとな、遊女屋の主は火消しに手を出させず、燃えるに任せるそうだ。燃えりゃ仮宅が打てるからよ。仮宅はそれだけ実入りがいいってことなんだろう。おれも遊女屋の主になりたかったぜ」

銀助は上唇を舌で湿して言った。

「親分は水茶屋の商いをなさっていますから、それほど遊女屋を羨むことはねェでしょう」

喜十はやんわりといなした。銀助は女房と娘に浅草広小路で水茶屋をやらせていた。だが、遊女屋の仮宅とするには狭過ぎる。銀助はもう少し見世を拡《ひろ》げて、将来は仮宅にできるようにしたいと望んでいるようだ。やぶ源が仮宅となった時、一番羨んだのは、この銀助だろう。

「桁《けた》が違わァ、桁がよ」

銀助は皮肉な調子で応えた。

「桁ですか、そうですか」

喜十の歯ごたえのない返答に、銀助はちッと舌打ちした。

「喜の字。お前ェさんには欲がなさ過ぎるぜ。上遠野の旦那のご用をする時は、しっかり手間賃を貰《もら》うこった。いいように使われているばかりが能じゃねェよ」

「親分は幾らいただいているんです？」

「お、おれ？」

「ええ。親分は上遠野の旦那の息が掛かった小者なんでげしょう？」

「そりゃあ、お前ェ、何かある時には一朱（一両の十六分の一）ぐらいはいただくよ。年にいいところ四両ぐらいだな。しかし、それでおまんまは喰えねェよ」

「桁が違いますね」

喜十の言葉に銀助はむっと頰を膨《ふく》らませた。

「とにかく、もう事件はごめんだぜ。忙しいばかりで、さっぱり金にならねェしよ」

「全くです」

その時だけ、喜十は銀助に同調した。

四

巴山屋が花川戸町に引っ越したので、書肆《しょし》の近江屋は慌《あわ》てて仮宅細見の手直しをしなければならなくなった。田原町二丁目に×印をつけ、花川戸町の三船屋の屋号に線を引いて消し、新たに巴山屋の屋号を加える作業は喜十とおそめも手伝った。刷り直さないのかと近江屋の番頭に訊《き》くと、最初の仮宅細見がかなり捌《さば》けたので、今後はそれほど売り上げが期待できないから、残っている物に訂正を加えるだけにするという。

そのせいかどうか、巴山屋が引っ越してから、日乃出屋に置いていた仮宅細見も、ぱたりと売れなくなった。後でまた三十ほど追加が来たが、結局、売れたのは百と三十。六文の手間賃を貰って都合七百八十文の実入りだが、上遠野と銀助に取られ、贔屓《ひいき》の客にも幾つか配ったので手許《てもと》に残ったのは六百文そこそこだった。それでも裏店のひと月分ぐらいの店賃に匹敵した。

そろそろ王子《おうじ》の辺りでは、もみじや銀杏《いちょう》が色づき始める頃、銀助が血相を変えて現れた。

花川戸町に移った巴山屋の遊女が姿を消したという。

「上遠野の旦那に聞いたんだが、巴山屋が田原町にいた時、見世の妓が古着を買いに来たんだってな」

「………」

喜十は突然のことに、すぐには応えられなかった。梅という女のことは、すっかり忘れていた。

「どうなんだ、日乃出屋」

銀助はいらいらして返事を急《せ》かした。

「え、ええ。梅と名乗る女が縞物を買って行きました。わっちは普段着にするものと思い、いや、それは上遠野の旦那がそうじゃねェかとおっしゃったんで、ああそうだなと思った訳で……」

喜十は、しどろもどろに応える。

「梅って何んだ、梅って。そんな源氏名の妓《おんな》がいるかよ。普通はそこでピンとくるもんだ。このぼけッ！」

あんたにぼけと言われる筋合はない、と言葉を返したかったが、銀助の言う通り、源氏名を名乗らなかったのは、そこに何か訳があったからだと、今さらながら思う。

「姿を消したのは、うちの見世から古着を買った客なんですかい」

喜十は確かめるように訊いた。

「おうよ。田毎《たごと》という花魁《おいらん》だァな。巴山屋でお職《しょく》（上位の遊女）を張っていたのよ」

喜十は慌てて仮宅細見を手に取り、巴山屋の項を見た。田毎という源氏名が載っていた。

着物を預かってくれと言われた時、喜十は名前を訊《たず》ねている。梅と応える前に何か言い掛けたと思う。あれは田毎と言おうとしていたのだ。

「しかし、あの妓はもう少しで年季が明けるんじゃねェですか。二十五、六の年頃に見えましたから」

喜十は一度だけ会った田毎の表情を思い出して言った。

「来年の春にゃ、年季が明けることになっていたわな」

「それじゃあ、どうして」

「さあ、間夫《まぶ》でもいたんじゃねェのか」

「しかし、間夫がいたにせよ、あともう少し辛抱すれば、晴れて一緒になれたでしょうに。この時期に逃亡する理由がわかりませんよ」

「魔が差したんだろう」

銀助はあっさりと言う。魔が差して逃亡したにしては用意周到過ぎると喜十は思う。

田毎は巴山屋が田原町に仮宅を打ってから、十日ほど経《た》って喜十の見世で袷《あわせ》を買った。それをまた十日ほど経って引き取りに来た。その後で巴山屋は花川戸町へ引っ越し、さらに月が変わった今頃になって逃亡したのだ。

「とにかく、田毎がお前ェさんの見世で古着を買ったのは間違いねェんだな」

銀助は喜十に確かめる。

「うちの見世で袷を買った客が本当に田毎という花魁なら、間違いありやせん」

「よし、わかった。上遠野の旦那と巴山屋にそう伝える。邪魔したな」

銀助はそそくさと踵《きびす》を返した。

「親分、これからどうなるんですか」

喜十は慌てて銀助の背中に覆《おお》い被《かぶ》せるように訊いた。

「決まっていらァな。巴山屋の若いもんを使って田毎の行方を捜すのよ」

「その後は」

「とっ捕まえた後のことか？」

銀助は訊き返す。

「ええ……」

「そうさなあ。巴山屋の旦那の考えもあるだろうが、幾らお職を張っていた花魁でも恩のある見世に逆らったんだから、只《ただ》じゃ済むめェ。恐らく、切見世《きりみせ》（最下級の遊女屋）に落とされるんじゃねェのかな。他の妓達への見せしめもあるしよ」

田毎はそれを覚悟の上で逃亡したというのか。喜十には理解できなかった。

「お前さん……」

銀助が帰ると、おそめが心細い表情で声を掛けてきた。眼には涙が溜《た》まっていた。

銀助の話を聞いていたらしい。

「お梅さんは本当にお見世を逃げ出したんですか」

「そうらしいよ」

「どうして？」

「詳しいことはまだわからないが、間夫でもいたんじゃないかってことだ」

「そんなことで逃げ出すようなお人じゃありません！」

おそめは声を荒らげた。

「だって、他に理由が考えられないじゃないか」

「お前さん、お梅さんは昨日今日、巴山屋さんに来たおぼこ娘じゃありませんよ。お職を張っていた花魁なら手練手管《てれんてくだ》にも長《た》けていたはず。心魅《こころひ》かれるお相手がいたとしても、会いたい一心で逃げ出すなんて考えられませんよ。それがどんなことになるのか、お梅さんはいやというほど知っていますよ。よほど切羽詰まった事情を抱えていたんですよ。あたしはそう思います。きっと、実家のご両親か、ごきょうだいに何かあって、駆けつけたいのに見世の旦那さんが許してくれなかったとか」

おそめの話に喜十は大きく得心が行った。

そうだ、やむにやまれぬ事情があったのだ。

「ちょっと、花川戸町へ行ってくる。見世の主に詳しい事情を訊いてみたくなった」

喜十は早口に言った。

「お前さん、お梅さんがお仕置きを受けそうだったら、どうかとりなしてやって下さいまし。あたしからもお願いします」

おそめは深々と頭を下げ、それから袖《そで》で顔を覆った。

「あの妓に同情しているのかい」

喜十は低い声で訊いた。

「お梅さんはね、あたしのような友達がほしいとおっしゃったの。ご自分の商売と関係のない友達がほしかったのでしょうね。あたし、じゃあ今から友達になりましょうって言ったんですよ。そうしたら、とても嬉《うれ》しそうに笑ってくれたの。それでね、お梅さんの名前は偽名じゃなくて本名だとおっしゃっていました。本名のお梅さんであたしと友達になったんですよ」

おそめは泣き声を堪《こら》えて言った。

「そうかい。あの妓はおそめの友達だったのかい。それならわっちも何んとかしてやらなくちゃ」

喜十はおそめの肩をぽんと叩《たた》いて、土間口の履物に足を通した。

巴山屋の仮宅へ着くと、土間口前で上遠野が見世の主と話をしていた。傍に銀助もいた。

「気になって来たのか？」

上遠野は喜十の姿を認めると、そう訊いた。

「へい。ちょいとこのう、巴山屋さんに確かめたいこともありまして」

「何んだ？」

銀助が横から口を挟《はさ》んだ。

「いえね、親分は花魁に間夫でもいたんじゃねェかとおっしゃいやしたが、うちの奴《やつ》がそんなことで花魁は逃亡したりしないと言ったんですよ」

「どちら様でございますか」

巴山屋の主は喜十に怪訝《けげん》な眼を向けた。六十を幾つか過ぎた痩《や》せぎすの男だった。ねずみ色の紬《つむぎ》の着物の上に無紋《むもん》の黒い羽織を重ねている。地味な装《よそお》いだが、見るからに上等の生地を使っている。傍に立つ上遠野の紋付羽織と比べると、その差がよくわかった。

「わっちは田原町で日乃出屋という古手屋をやっている者ですよ」

喜十は素性を明かすと、すぐに話を続けた。

「吉原の見世が火事になる前辺りに、旦那《だんな》さんは花魁から何かお願いされたことはありませんでしたか」

「お願い？」

「ええ。吉原の大門の外へ出かけるようなことですよ」

「そう言えば、妹が病《やまい》になって実家に戻って来たような話をしておりました。田毎は見舞いに行きたいようでしたが、わたしは実の親ならともかく、妹の見舞いまで許すつもりはありませんでしたよ」

「なるほど、そうですか」

「喜十、それでは、田毎は妹の見舞いのために逃亡したと言うのか」

上遠野は信じられない様子で訊く。

「病状が予断を許さないものだったら、花魁も気が気じゃなかったでしょう。仲のいいきょうだいなら、親よりも案じるはずですからねえ」

「田毎の実家はどこだ」

上遠野は巴山屋の主に訊く。

「確か、本所の押上村《おしあげむら》です」

「田毎はそこにいるはずだ」

上遠野がそう言うと、見世の若い者が一斉に飛び出す構えを見せた。

「待って下さい。事情が事情ですから、巴山屋さん、どうかこの度だけは花魁を大目に見てやっていただけませんか」

喜十はおそめのためにも深々と頭を下げた。

「日乃出屋さん、あなたのお気持ちはよくわかりますが、吉原には吉原の流儀というものがございます。ここで田毎を特別扱いしては他の妓に示しがつきません。申し訳ありませんが、うちの見世のことにお口出しは無用に願います」

主はぴしりと言った。主の冷ややかな眼が喜十にはこたえた。それが亡八《ぼうはち》と呼ばれる遊女屋の主の本音だった。亡八は仁・義・礼・智・信・忠・孝・悌の八徳を失った者という意味で、遊女屋の主を指していた。

「喜十、あとのことは巴山屋に任せるのだ」

上遠野もそう言って喜十を制した。喜十は唇を噛《か》んで巴山屋の主を睨《にら》んだ。主は、ふっと笑った。その拍子に喜十の胸に火が点《つ》いた。

「何が可笑《おか》しいんで？　わっちはあんたが笑うようなことはひとつも言っておりやせんよ。逃げた花魁の居所《いどこ》がわかり、あんたらはこれから連れ戻して、きつい折檻《せっかん》をするんだろう。挙句に見せしめのために切見世にでも落とす魂胆《こんたん》ですかい。きれえな花魁をいたぶるのは、さぞこたえられねェ味でしょうな」

喜十は吼《ほ》えた。長半纏《ながばんてん》をじょろりと引っ掛けた見世の妓夫《ぎゆう》（客引き）が喜十の襟を両手で摑《つか》んだ。

「わっちは只の古手屋の親仁《おやじ》じゃねェぜ。こちらの八丁堀の旦那と懇意にしている者だ。手を出せば火傷《やけど》するぜ。ああ、吉原の見世が焼けて、とっくに火傷を負っていたかい？」

喜十の啖呵《たんか》に狐《きつね》のような面《つら》をした妓夫はいまいましそうに手を離した。

「もういい、もういい。喜十、それぐらいでやめろ」

上遠野が宥《なだ》めた。喜十は乱れた胸許《むなもと》を直し「巴山屋さんのこれからの出方は、とくと拝見するつもりですよ。それだけは覚えておいて下せェよ」と、脅《おど》すように言って見世を出た。

空は厚い雲が拡《ひろ》がっていた。こんな日は日本晴れじゃなくて幸いだった。燦々《さんさん》とした陽射《ひざ》しの中で田毎が捕まえられ、小突かれるとしたらたまらない。曇り空でいいのだ。おまけに雨でも降りやがれ！

喜十は胸で悪態《あくたい》をつきながら田原町へ戻ったが、おそめにどんな言い訳をしたらよいのか、それだけが悩みだった。

五

田毎は本所の押上村の実家にいたところを発見された。実の妹が子供を産んだ後に具合を悪くして実家で養生していたという。

たった二人の姉妹だった。父親が亡《な》くなり、病がちだった母親もいたので、田毎は自ら進んで苦界づとめをしたそうだ。そうすれば、母親は何とか食べられるし、妹もまともな暮らしができると思ったのだ。妹は実家の近くの家に嫁入りした。本当は妹が婿《むこ》を取ればよかったのだが、貧しい家に来てくれるような相手はいなかった。せめて、母親の様子がわかる近所に嫁入りできたのが幸いだった。

祝言《しゅうげん》を挙げたことも、その後に子ができたことも、妹は逐一《ちくいつ》手紙で田毎に知らせていた。

その手紙は子を出産した後に、ぴたりと途絶えた。田毎は気が気でなかった。出入りの飛脚に頼んで様子を見て来て貰《もら》うと、産後の肥立《ひだ》ちが悪くて実家に戻っているという。

田毎は見世の主に縋《すが》ったが、つれない返事があるばかりだった。いっそ、逃亡しようかと、その頃から考えていたらしい。そんな折、吉原に火事が出て巴山屋も類焼した。

仮宅に移れる——田毎はその時、逃亡を決意したようだ。

田原町の仮宅の近くに古手屋があったので、人目に立たないために古着を買い、ひそかに機会を狙《ねら》っていた。しかし、実行に移すには迷いもあった。只では済まないだろうということはわかっていたからだ。

だが、妹が危篤《きとく》状態に陥《おちい》ったと母親から知らせが来た時、田毎の迷いは消えた。日乃出屋で買った袷を着て、近所に買い物に行く振りをして御厩河岸《おうまやがし》の渡しで本所へ向かったのである。

喜十が巴山屋に行ったその日の内に田毎は花川戸町へ連れ戻された。妹はその三日後に亡くなったという。

やぶ源はお伊勢参りに出てからひと月後に戻り、店の品物を戻すと、以前と同じように商売をしていた。店賃《たなちん》の当てが外れて意気消沈しているかと心配したが、主も息子夫婦もそんな様子は全くなかったので、喜十もほっとしていた。

巴山屋から田毎の姿は見えなくなった。銀助はその理由を知っていたようだが、喜十は敢《あ》えて訊《たず》ねなかった。どうせ、いい話ではないに決まっている。徒《いたず》らにおそめを悲しませたくなかった。

近江屋は、巴山屋の田毎がいなくなったので、またまた仮宅細見の手直しを余儀なくされる羽目となった。男達の胸をときめかす刷り物は汚らしい反故《ほご》紙と化してしまった。喜十は見世に残っていた刷り物を近江屋に返し、おそめも見世の前に貼《は》り出していた半切を剝《は》がした。

それでも年内いっぱいは浅草での仮宅営業が続けられるようだ。田毎のことを思い出して、おそめは時々涙ぐんでいた。

喜十は別の意味で泣かされた。

それは船宿の増川屋から猪牙舟《ちょきぶね》の手間賃を請求されたからだ。あの時、為蔵がすぐに手間賃を払えと言わなかったのは、百八十四文と大層高直《こうじき》だったせいだろう。それでも、近所のよしみで安くしたのだと、増川屋のお内儀《かみ》は恩に着せた。仮宅細見の実入りから、さらに百八十四文が減らされたことになる。上遠野に要求しても、多分、知らん顔をするだろう。

喜十は見世の帳面を出し、上遠野のツケに猪牙舟の手間賃を上乗せした。

それは単なる気休めに過ぎなかったが。

浅草田原町の古手屋喜十の秋は、そんなことで過ぎたのだった。

寒夜

一

江戸は神無月《かんなづき》の末頃から寒気《かんき》が増し、霜月《しもつき》になると初雪が降った。その初雪はすぐに解けたが、月の半ばにどかっと雪が降り、浅草広小路一帯は一面の雪景色となった。辺《あた》りが雪で覆《おお》われると、見慣れた風景まで変わって見える。浅草田原町二丁目で古手屋「日乃出屋」を商う喜十《きじゆう》は外に出て通りの様子をうっとり眺めることが多くなった。

白い雪は汚らしい物や見苦しい物をすべて覆い隠してしまう。壊れて置き去りにされた大八車《だいはちぐるま》や埃《ほこり》を被《かぶ》った空《あ》き樽《だる》も何やら風情《ふぜい》が感じられるから不思議だ。それに雪が降った後は辺りが妙に静かだ。積もった雪には騒がしい音を吸い込んでくれる効果もあるようだ。もっとも、足許《あしもと》が覚つかないので、人々が外出を控えるから、いつもより静かなのかも知れないが。

日乃出屋も朝から一人の客も来ていなかった。

（今日の商いは諦《あきら》めるしかないな）

胸で独りごちると、喜十は見世の油障子を閉めた。台所では玄能《げんのう》（金槌《かなづち》）の音が響いている。客の代わりに近所の大工の留吉《とめきち》がやって来て、外壁や台所の床板の隙間《すきま》を塞《ふさ》いでいるのだ。

冬の季節を迎えると、女房のおそめは寒い寒いと泣き言を洩《も》らすようになった。喜十はそれほど寒さは感じていなかったので「そうかなあ」と気のない返答をしていた。

「流しの前に小半刻《こはんとき》（約三十分）も立っていると、爪先《つまさき》が氷のように冷たくなるんですよ。お前さんは台所仕事をしないからわからないでしょうけど」

おそめは珍しく口を尖《とが》らせて言った。喜十がどれどれと流しの前に立つと、なるほど冷たい風が床下から這《は》い上がって来る。

日乃出屋は周りを商家や民家で囲まれているので、それほど風が吹き込まないはずなのにと、井戸を設《しつら》えてある狭い庭に出てみると、入《い》れ子下見《こしたみ》壁《かべ》の羽目板の一枚が斜めに傾《かし》いでいた。三角形の隙間ができて、そこから外の風が吹き込んでいたらしい。慌《あわ》てて留吉に声を掛けたが、手間取り大工の留吉はなかなか暇がなく、ようやく今日になって来てくれたのだ。留吉も雪で普請《ふしん》現場が休みとなったからだろう。

「すみませんねえ、留さん」

おそめが遠慮がちに留吉に言う声も聞こえる。

「なあに。今日は仕事もあぶれになったから、ちょうどよかったよ。こんなに隙間が空いてたんじゃ、お内儀《かみ》さんもさぞ辛《つら》かっただろうなあ」

「ええ。うちの人に言っても、さっぱり腰を上げてくれなかったんですよ。すぐに外を見てくれたら、もう少し早く留さんに来ていただいたのに」

「旦那《だんな》は商売に忙しくて、家の中のことを考えるのが面倒臭ェんですよ。雨漏りしなきゃ、家なんてどうでもいい人ですからねえ」

留吉は玄能の音を立てながら呑気《のんき》に応《こた》える。

さもわかったようなことを言う留吉に、喜十は内心でむっとしていた。喜十より幾つか年下の留吉は、悪い男ではないが、口から出まかせでものを言うのが時々、喜十の癇《かん》に障《さわ》る。

「こいつは野良猫《のらねこ》が仔《こ》を産むために忍び込んだんだろうな」

留吉は羽目板に釘《くぎ》を打ちながら言う。

「そう言えば、秋口に猫の鳴き声が聞こえていたような気がしますよ。まだ、中にいるのかしら」

「でェじょうぶだ。幾ら何んでも、こんなさぶい所で冬越えはできねェよ。どっか塒《ねぐら》を見つけて引っ越して行ったわな」

「それならいいのですけど……」

おそめは野良猫が出口を塞がれて閉じ込められるのを恐れているようだ。

「どれ、壁はこれでよしと。後は台所の床を何しますかい」

「お願いします」

おそめはほっとして明るい声になる。

留吉が床の隙間を埋め、その上に薄縁《うすべり》を敷くと、仕事は終わった。ほんの小半刻の仕事だった。

ちょうど昼刻だったので、喜十は店座敷に留吉を呼び、海苔《のり》餅《もち》を振る舞うことにした。

「もう、餅を用意したんですかい」

留吉は火鉢の金網に並べられた白い餅を見て感心した表情になる。正月用には、ちと早いと思っているようだ。

「なに、貰《もら》い物だよ。これを焼いて海苔で巻き、醬油《しょうゆ》にちょいとつけて喰うのがわっちの好物さ」

喜十は嬉《うれ》しそうに言う。

「海苔も貰い物ですかい」

「海苔は買ったよ」

「こちとら、餓鬼《がき》が五人もいると餅も海苔もさっぱり口に入りませんって。いいなあ旦那は」

留吉は心底羨《うらや》ましそうだ。さして男前ではないが、留吉は愛嬌《あいきよう》のある顔をしている。身体《からだ》も中肉中背で、男盛り、働き盛りでもある。

「何言ってる。わっちこそ子宝に恵まれている留さんが羨ましいよ」

喜十は、やや声を潜《ひそ》めて言った。所帯を持って六年にもなるが、おそめとの間に子ができる兆《きざ》しはなかった。

「何んだろうな。おれんちみてェに、もう餓鬼はいらねェのにぽこぽこ生まれる所もあれば、ほしくてたまらねェ旦那とお内儀さんには生まれねェってのも不思議ですよね」

「だから子供は授かりものって言うんだろうよ」

「全くでさァ。うちの嬶《かか》ァが末の餓鬼を腹に抱えた時、おれァ思わず、またできたのか、って言っちまったんですよ。そしたら、嬶ァの奴《やつ》、よほど悔しかったんだろうなあ。あい、さようさ、お前さんのふんどしをうっかり跨《また》いでしまったもんで、と抜かした」

「ええっ？」

「餓鬼を孕《はら》み易い嬶ァは亭主のふんどしを跨いでも孕むって言うじゃねェですか。なに、たとえ話ですよ」

「そんなたとえ話はない」

喜十は憮然《ぶぜん》として言った。へへ、と留吉は笑った。

「手間賃は幾らだい」

喜十は焼き上がった餅を留吉の前の小皿に置き、炙《あぶ》った海苔を勧めた。留吉は嬉しそうに餅に海苔を巻き、醤油につけて口に放り込んだ。

「んまい」

「そうかい。まだあるから、遠慮なく喰ってくれ。で、手間賃は幾らにしてくれる」

喜十はもう一度訊《き》いた。はふはふと餅を頬張りながら留吉は「ひりまへん」と妙な声で応える。

「それは困る。こっちが頼んだんだから、ちゃんと手間賃を取ってくれ」

「ひらねってったらひらねェよう。らんら（旦那）は、ひつこいなあ」

「喰うか喋《しゃべ》るか、どちらかにしねェか、全く」

喜十はいらいらして声を荒らげた。留吉はたちまち餅を平らげ、茶をぐびりと飲んだ。

「こんな半端《はんぱ》仕事で銭は貰えねェよ。ヤサ（家）にあった材料を使って、釘の二、三本打っただけだからよう」

「只仕事《ただしごと》をさせたら、おそめに叱られるよ」

「そうかなあ。近所のよしみってことでいいじゃねェですか」

「そいじゃ、こうしよう。見世の品物でほしいもんがあるなら持って行きな。ただし、あまり高いのは駄目だぞ」

「え？　いいんですかい」

途端、留吉は眼を輝かせた。

「ああ、いいとも」

「嬶ァが年中、着た切り雀《すずめ》だとぼやくんですよ」

「そうかい。それなら好都合だ。留さんのかみさんに似合いそうなもんは……」

喜十は店座敷にぶら下がっている古着を物色して、紺地にえんじ色の縞《しま》が入った袷《あわせ》を取り出して留吉に見せた。

「いやあ、いい色だなあ。これなら嬶ァが喜びまさァ」

留吉は相好を崩す。

「裄《ゆき》と丈《たけ》が合わないようだったら手直しするよ」

「でェじょうぶですよ。嬶ァは針仕事が好きなおなごなんで、手前ェの着るもんの手直しぐらい朝めし前ですよ」

「そうかい」

喜十は、ほっとして袷を畳んでいると、おそめがお代わりの茶を運んで来た。

「おそめ。留さんは手間賃を取らないんだよ。それで、代わりにかみさんによさそうな着物を持たせることにしたよ」

喜十がそう言うと「いいの？　留さん」と、おそめは確かめるように訊いた。

「へい。だけど、却《かえ》って高いもんについたんじゃありやせんかい」

留吉は恐縮している。

「所詮《しょせん》古着ですからお気遣いなく。それで、どの品物を選んだんですか」

「旦那はこれがいいのじゃねェかって」

留吉は手許の袷を眼で促《うなが》す。

「そんな物は駄目。お子達のお世話ができませんよ。汚れが目立たず、洗濯してもしっかりしている物じゃなきゃ」

おそめは喜十の選んだ給を邪険に脇《わき》へ寄せ、新たに藍《あい》みじんの給を取り出した。

「これはね、とても生地が丈夫なんですよ。それに洗えば洗うほど味も出るんです。ちょいと見には地味ですけど、飽きが来なくていいですよ。この先もずっと着られるし」

「さいですか……」

留吉はあまり納得した様子でもなかったが、おそめの言葉に従ったほうが間違いないと思ったようだ。おそめが選んだ着物は、喜十が選んだ物より値が高い。しかし、新たに手間賃を出すよりいいかと喜十も思い直した。

「おっと、餅が焦《こ》げている。留さん、どんどんやってくれ」

留吉の女房の着物が決まると、喜十は、また餅を勧めた。

「海苔で思い出したんですが、並木町《なみきちょう》の海苔屋の婆《ばあ》さんは、この頃惚《ぼ》けが進んでいるようで、お内儀さんがこぼしておりましたよ」

留吉はふたつ目の海苔餅を手にすると、ふと思い出したように言った。

「大内屋《おおうちや》さんかい」

「へい」

大内屋は浅草海苔を売る店としては老舗《しにせ》で、今でも繁昌《はんじょう》している。その昔、大内屋を興した先祖が浅草川で採れた海苔を干し、それを天秤棒につけた蓋つきの箱に納め、市中を売り歩いたという。今、浅草川でほとんど海苔は採れない。品川から取り寄せて干し海苔に加工している。それでも品名は浅草海苔で通していた。

「惚けた婆さんが店をうろちょろするのは目障りだてんで、大内屋の旦那は隠居所を拵《こしら》えたんですよ。そいつはうちの親方が請《う》け負《お》い、あっしも手伝いやした。婆さんは、日中はそこで昼寝ばかりしておりやしたが、夜になると眠れねェんでしょうね。そっと隠居所を抜け出すようになったんですよ」

「昼寝ばかりしてたんじゃ、そりゃあ夜は眠れないだろう。いや、昼と夜の区別がつかなくなってしまったのかも知れないよ。しかし、年寄りが夜道をうろつくのは感心しないねえ。こう寒くっちゃ、心《しん》ノ臓《ぞう》にもよくないだろうし」

「さいです。それで大内屋の旦那とお内儀さんは口酸《くちず》っぱく諫《いさ》めているんですが、もともと婆さんは男まさりの気性で倅《せがれ》と嫁の話なんざ聞きゃあしませんて」

「ご隠居さんは今の大内屋にするまで色々と苦労をした人だから、あいそうですかと素直に引き下がらないんだろうね。あの人は、とうに七十を過ぎているはずだと思うが」

「今に何か起こりそうで、おれは正直、おっかねェのよ」

「留さん、何がおっかないの？」

留吉の女房の着物を風呂敷《ふろしき》に包みながらおそめが怪訝《けげん》な顔をした。

「そのう、うっかり川にでも嵌《は》まって土左衛門になるとか、辻斬《つじぎ》りと出くわして、ばっさりやられるとかですよ」

「いやだ。変なこと言わないでよ」

おそめは顔をしかめた。

「考え過ぎだよ、留さん。大内屋のご隠居が夜中にふらふらしたところで、せいぜい風邪を引くぐらいだろうよ」

喜十は埒《らち》もないという表情で言った。しかし留吉は納得する様子でもなかった。

「嬶ァに酒喰らいの叔父貴《おじき》がいたんですよ。もうねえ、いつも酔っ払って素面《しらふ》でいたためしのねェ男でした。千鳥足でヤサに帰《け》ェる途中にすっ転んで足をくじいたり、でこをすり剝《む》いたりするなんざ、しょっちゅうでしたよ。おれァ、今にもっとひどいことになるんじゃねェかと、はらはらしていたもんです。そしたら、その叔父貴はどぶに嵌まって、お陀仏《だぶつ》になったんですよ。おれの勘は当たったたね」

「どぶだって？」

喜十は驚いて留吉の顔をまじまじと見た。

おそめも拳《こぶし》を握り締めてじっと耳を傾けている。

「そう、どぶなんだこれが。大人の膝《ひざ》ぐれェしか水嵩《みずかさ》がねェのに、叔父貴の奴、わざわざそこに顔を突っ込んで息ができなくなったんでさァ」

「どぶに嵌まった時、叔父さんという人は気を失ったのかも知れないねえ。それで運悪く、顔を水に浸《つ》けてしまったんだろう。当たり前だったら、慌《あわ》てて立ち上がるものだが、叔父さんは酔っていたためにそれができなかったんだな」

喜十はため息交じりに言う。そういう死に方だけはしたくないものだが、明日のことは誰にもわからない。自分で気をつけるしか防ぎようがない。

「ですからね、叔父貴はどぶで溺《おぼ》れ死んだってことになったんですよ。身内の女どもは叔父貴の死に様《ざま》が情けねェって、涙をこぼしながら怒っておりやした。通夜《つや》の時なんざ、仏に向かって悪態《あくたい》の百万陀羅《だら》でしたぜ。寺の坊主《ぼうず》が、いやこれも寿命というものだからと宥《なだ》めても、誰も了簡《りょうけん》しねェ。あんな通夜もおれァ、初めてでしたよ」

留吉はその時のことを思い出してしみじみと言った。

「それで大内屋のご隠居さんについても留さんは何か胸騒ぎを覚えているの？」

おそめは不安そうに訊く。

「胸騒ぎってほどじゃありやせんが、何んかいやあな気はしております。婆《ばば》ァが夜な夜な外をふらついていたんじゃ、何も起きねェほうが不思議ですよ」

おそめは留吉の言葉に「そうね」と応《こた》え、その後で深いため息をついた。しかし、よその年寄りのことを心配しても始まらないと喜十は思う。

「あまり気にしないことだ。ご隠居さんは独り暮らししている訳じゃない。倅も嫁もついていることだし」

喜十はそう言って留吉を宥めた。留吉はそれもそうだと肯《うなず》き、気を取り直したように海苔餅に手を伸ばした。結局、留吉は五つの餅を平らげて帰って行った。

二

北町奉行所隠密廻《おんみつまわ》り同心の上遠野平蔵《かとのへいぞう》が日乃出屋を訪れたのは留吉に家の手直しをして貰った三日後のことだった。

夜の五つ（午後八時頃）過ぎに訪れた上遠野は二十四、五の若者を伴っていた。

喜十が二人を店座敷へ促すと、上遠野は「喜十、こいつは妻の弟で荒井福太郎《あらいふくたろう》と申す」と笑顔で紹介した。もう冬だというのに陽《ひ》に灼《や》けた顔をしている福太郎は、こくりと頭を下げた。結構な男前でもある。武者人形のような眉《まゆ》、くっきりとした二重瞼《ふたえまぶた》、高い鼻、きりりと引き結ばれている唇は意志の強さを感じさせる。十代や二十代の若者は男でも女でもきれいだな、と喜十は胸で独りごちた。

それに比べて三十も半ばを過ぎた自分は、腹は出るわ、頬はたるむわ、髪は薄くなるわで、さっぱりいいところがない。四十代の上遠野は髪こそまだあるが、目尻《めじり》の皺《しわ》が深く、おまけに最近では、こめかみの辺りにできた茶色のしみがやけに目立つ。荒井福太郎の若さが喜十は眩《まぶ》しかった。

「日乃出屋喜十と申します。以後お見知り置きを」

喜十は畏《かしこ》まって頭を下げた。上遠野の妻の実家も奉行所の役人をしているので、福太郎も見習いで奉行所の仕事に就《つ》いているのだろうと思ったが、実際は違っていた。

「ご公儀の見分隊《けんぶんたい》が近々、北国《ほっこく》へ参る。福太郎はその見分隊の竿取《さおと》り（測量助手）として参加することと相なった」

上遠野は半ば得意そうに話す。

「北国とおっしゃいますと、蝦夷地《えぞち》かどこかですかい」

「うむ。蝦夷地も含まれるが、その先の国後《くなしり》、択捉《えとろふ》などの島にも参るそうだ。それでの、あちらは寒気がきつい。身拵《みごしら》えもそれなりにせねばならぬ。お前のところに革の羽織やたっつけ袴《ばかま》などは置いておらぬか。それから、毛皮のついた頭巾《ずきん》などもあればありがたい」

上遠野は早口で言う。途端に喜十は困惑した。剣術の指南役が革の袴を重宝するのは聞いたことがある。激しい動きにも耐えられるからだ。また革の羽織は鳶《とび》職の頭《かしら》や遠国《おんごく》御用を命じられた武士が着用しているのを実際に見たこともある。革は温かさの点で綿入れに勝《まさ》る。しかし、日乃出屋は庶民相手の古手屋である。そのような品物は置いていなかった。

「申し訳ありません。あいにくその手の品物は扱っておりません」

喜十は低い声で謝った。

「何んとかしろ！」

上遠野は声を荒らげた。おおかた自分が懇意にしている古手屋に行けば、何んでも品物が揃《そろ》うと福太郎に大口を叩《たた》いていたのだろう。

「そうおっしゃられても……」

喜十は弱ったなあという感じで月代《さかやき》の辺りをぽりぽりと掻《か》いた。福太郎は、つっと膝《ひざ》を進め「日乃出屋さん、まだ日にちがありますので、どこか心当たりの店に訊いていただけませんか。実はそれがし、見分隊に参加するのは、この度が初めてではないのです。十八歳の時にも参加しております。彼《か》の地の寒気の強さは想像を超えておりました。江戸で誂《あつら》えたものはほとんど役に立たず、それがしは下僕《げぼく》に雇った蝦夷（アイヌ民族）から毛皮の頭巾や袖《そで》なしを借りて寒気を凌《しの》いだのです。お蔭《かげ》で凍傷を患《わずら》うこともなくお務めを全うできました。しかし、毛皮の衣服は蝦夷にとって貴重なものです。とても、くれとは言えませんでした。再び見分隊のお召しがあった時、それがしは、すぐに防寒の衣服を用意しなければならないと思いました。日乃出屋さん、この通りです。何んとか力になっていただけませんか」と、熱っぽい口ぶりで言った。

お務めを全うしようとする福太郎の真面目《まじめ》さにほだされ、喜十も「はてさて、ご期待に応えられるかどうかわかりませんが、よそに訊《き》いてみることに致します」と、つい応えてしまった。福太郎は安心したように笑顔を見せた。

「こいつは末っ子で三男坊なのよ。いずれはしかるべき所へ養子に行かせるつもりであったが、こいつが養子はいやだと生意気を言いおったのだ。それで妻の兄貴があちこちに声を掛けて仕事の口を探し、十八の時にようやく見分隊の竿取りに加えて貰ったのよ。見分隊は激務だということを兄貴は重々承知していた。内心では、もう懲《こ》りて養子の口を探してくれと言い出すだろうと思うていたらしい。だが、こいつは存外、骨のある男で、また機会があれば行きたいとほざいた。まあ、以前の働きがめざましかったこともあり、この度も比較的あっさりと見分隊に加えていただくことができた

のだ。竿取りは足軽の身分だが、働き次第で、いずれはご公儀の勘定衆《かんじょうしゅう》に推挙される
だろうと、わしも期待しておる」
「お若いのに感心なことでございます。しかし、ご公儀が寒い土地をわざわざ見分す
るのは何か思惑があってのことなのでしょうね」
「ええ。蝦夷地は松前藩《まつまえはん》の支配下に置かれておりますが、隅々まで眼が届きません。
ご公儀はおろしゃ（ロシア）の南下を警戒しております。また、蝦夷がおろしゃの言
いなりになることも恐れておるのです。色々調べてご公儀に報告しなければなりませ
ん」
福太郎ははきはきと応える。
「なるほど」
喜十は大きく肯いた。そこへおそめが茶菓《さか》の盆を持って現れた。
「上遠野様、お務めご苦労様です。こちらのお若い方は息子さんですか」
おそめは菓子皿と茶の入った湯呑《ゆのみ》を差し出しながら訊く。おそめは上遠野の家族と
会ったことがなかった。
「お内儀《かみ》。こいつが倅だったら、わしはとっくに務めを退《の》いて隠居しておるわ。妻の
弟だ」

上遠野は冗談交じりに応える。隠密廻り同心も激務であるが、上遠野の息子はまだ小さい。当分は隠居できそうになかった。

「まあ、奥様にこのような立派な弟さんがいらしたのですか。頼もしい限りでございます」

おそめのお世辞に上遠野は相好を崩す。

「荒井福太郎です。よろしく」

福太郎はぺこりと頭を下げた。おそめも笑顔で返礼した。

「おそめ。荒井様は近々、北国の見分隊としてお出かけになるそうだ。それで、防寒の用意を頼まれたのだが、うちの見世には適当な物がないので、明日にでも赤裏屋《あかうらや》さんに訊いてみようと思っていたところだよ」

喜十は福太郎の事情を説明した。赤裏屋は喜十が懇意にしている質屋だった。

「どのような物をご用意すればよろしいのですか。被布《ひふ》ですか」

おそめは福太郎に直截《ちよくせつ》訊いた。被布は着物の上に着る丸襟《まるえり》の羽織のようなもので、古くは僧侶《そうりよ》や風流人の外出着だったが、次第に武士や女性達にも用いられるようになった。

「単なる被布では、さほど防寒の役に立ちません。それがしの上役はラッコの毛皮をつけた唐木綿《からもめん》の上衣や羅紗《らしゃ》の袴を使用しておりました。それがしは竿取りなので、身軽に行動するために革の羽織と袴がほしいのです」

「ああ、革ですか。あれなら風を通さず温かいですね」

「できれば毛皮のついた頭巾なども見つけていただければありがたいのですが」

「頭巾はどうでしょうか。頭巾屋さんにご相談したほうが話は早いかと思います。羽織と袴は何んとかご用意できるかと存じます」

「え？　それじゃ、革の羽織と袴は心当たりがあるのかい」

喜十は驚いておそめに訊く。日乃出屋にその手の品があるとは信じられなかった。

「ええ、ございますよ。でもお見世には出しておりません。早い話、お前さんの父親の形見ですよ。ご商売がうまく行っていた頃、酔狂で誂えたそうです。でも、一度それで寄合にお出かけになりましたら、お仲間に笑われたとかで、それ以来、お召しにならなかったようです。押し入れの奥にしまってあると思いますが、何しろ、年月が経《た》っておりますので、取り出して、二、三日、風を通す必要がございます。畏《おそ》れ入りますが、少しお時間をいただいてよろしいでしょうか」

「それはもう」

福太郎は肯いた。

「親父《おやじ》がそんな物を持っていたなんて知らなかった」

喜十は独り言のように呟《つぶや》いた。

「荒井様のお役に立つなら、お舅《とう》さんもお喜びになりますよ」

おそめは笑顔で言う。

「革の羽織と袴のことはお袋から聞いていたのかい？」

「ええ。お舅さんのお気に入りの品でしたから大事にしまっておいたのですよ」

「わっちには何も言っていなかったのに……」

「お前さんのことですから、すぐさまよそへ売り払ってしまうとおっ姑《か》さんは考えたんでしょうよ。高いお金を出して誂えても、売るとなったら二足三文ですからねえ。おっ姑さんはそれがいやだったんですよ」

おそめがそう言うと、上遠野が声を上げて笑った。

「さすがに喜十の母親は倅の性格を呑み込んでおる」

「大事なお父上の形見を譲っていただいてよろしいのですか」

福太郎は心配そうな顔で喜十を見た。

「うちの奴は、もうその気でおりますよ。もともと、わっちが知らなかった品ですし、ここで荒井様のお役に立てるのなら、わっちも嬉《うれ》しいですよ」

喜十は取り繕うように応えた。

「やあ、これでそれがしもほっと致しました。日乃出屋さん、ありがとうございます。お内儀さん、恩に着ます」

福太郎は笑顔で礼を述べた。それから半刻《はんとき》ほどで上遠野と福太郎は帰って行った。帰る間際《まぎわ》に福太郎は、二、三日したら必ず品物を取りに訪れると念を押すのは忘れなかった。

「さて、明日は押し入れからお舅さんの羽織と袴を出さなければ。お前さん、手伝って下さいね」

「ああ」

喜十は気のない返答をした。

「もう、何をしょげてるの。荒井様にお舅さんの品をお譲りするのがいやなの？」

「いや、幾らで売ろうかと考えていたんだよ」

「あら……」

おそめはつかの間、虚を衝《つ》かれた表情をした。

「お金を取るつもりなんですか。それではお舅さんとおっ姑さんの気持ちを無にすることになりますよ。今回だけは商売抜きで考えましょうよ」

おそめは商売人の女房らしからぬことを言う。

「そんな只《ただ》でやるなんて……」

「荒井様はまだお若い。懐《ふところ》だってお寂しいはず。お上のお仕事にあたし達がお役に立つのですもの、さもしいことは言いっこなしですよ」

おそめはさばさばした口調で喜十を制した。

喜十は内心で、おそめが福太郎の男ぶりにほだされたのだと思った。それを口にすれば下衆《げす》の勘繰《かんぐ》りだと、おそめは腹を立てるだろう。だから喜十は黙っていたが。

店仕舞いをする頃から急に風が強くなり、それに雪も加わって、外は吹雪となった。

「冬だ、冬だ。本物の冬がやって来たわい！」

喜十はやけのように叫んで暖簾《のれん》を下ろした。

三

一夜明けた田原町界隈《かいわい》は吹雪も収まり、薄陽が射《さ》していた。しかし、吹き溜《だ》まりの雪があちこちに小山を作っている。喜十は見世を開けると、竹箒《たけぼうき》で見世の前の雪を脇《わき》へ寄せた。

隣り近所の家々でも雪の始末に余念がなく「ゆうべはよく降りましたなあ。それに冷え込みもかなりのものでしたよ」が朝の挨拶《あいさつ》代わりとなった。

喜十が雪を払っていたところに大工の留吉がやって来た。

「お、留さん、今日も仕事はあぶれかい」

喜十は気軽な言葉を掛けた。

「朝っぱらからいやなことを言う人だ。どこの大工がこの雪の中、玄能を持ってトンカチやるものか」

「それもそうだ。しかし、あまりあぶれが続くと、かみさんの機嫌が悪くなるんじゃないのかい」

「まあ、その通りですが。今、親方の家に行って来たんですよ。今日一日は様子を見ようということになりやした。師走《しわす》に入ったら急ぎ仕事が続くんで、今の内に骨休みしておけと言われやした。親方はさほど切羽詰まった面《つら》もしていなかったんで、こちとら少しほっとしやしたが」

「そいじゃ、今月のあぶれも来月で取り戻せるってことか。世の中は何んだかんだで帳尻《ちょうじり》が合うようにできているんだな」

「さいです。うまくできておりやすよ」

留吉は苦笑いした。しかし、帳尻の合わない者も中にはいる。大晦日《おおみそか》には、そういう連中が夜逃げを決め込むのだ。

「かみさん、着物を気に入った様子かい」

喜十は話題を変えるように訊いた。

「へい。もうねえ、大喜びですよ。衣紋竹《えもんだけ》に通して鴨居《かもい》に吊《つ》るし、毎日、うっとりと眺めておりやす」

「そうかい、気に入ってくれたのならよかったよ。どうだい、ちょいと茶でも飲んで行かないかい」

喜十は竹箒を見世の横に立て掛けて留吉を誘った。

「へい、そいじゃ、お言葉に甘えて」

留吉は嬉しそうに喜十の後ろから見世の中に入った。

留吉は火鉢の前に腰を下ろし、赤く熾《お》きている炭に手をかざしながら「ゆんべは冷えましたねえ。水瓶《みずがめ》の水が凍っておりやしたよ」と言った。昨夜、足が冷えて眠れないおそめは珍しく自分から喜十の蒲団《ふとん》に入って来て「お前さんは温石《おんじゃく》のような人だ。ああ、ぬくい」と、うっとりした声を上げたのを思い出す。留吉もそうだったのかと、つい、喜十は上目遣いで留吉を見てしまう。留吉は喜十の思惑など意に介するふうもなく「そういや、親方の家からの帰り、並木町の通りがやけに騒がしかったんですが、何んかあったんでしょうかねえ」と、ふと思い出したように言った。

留吉の親方の家は材木町《ざいもくちょう》にあるので、帰る途中で並木町の様子に気づいたのだろう。

「雪の始末をしていたんじゃないのかい」

喜十は急須《きゅうす》に茶の葉を入れ、鉄瓶の湯を注いだ。おそめは朝めしの仕度で忙しくしていた。そんな時は、喜十も自分で茶ぐらいは淹《い》れる。

「そんな感じでもなかったですよ。鉦《かね》や太鼓《たいこ》の音も聞こえていたから、ありゃあ、迷子だな」

「迷子？　この寒いのに迷子になるかなあ」

喜十が怪訝《けげん》そうに言うと「それもそうですね」と、留吉は肯《うなず》き、口をすぼめて喜十の淹れた茶を啜《すす》った。

その時、いきなり油障子が乱暴に開いた。

喜十はぎょっとしたが、土地の岡っ引きの銀助《ぎんすけ》が着膨《きぶく》れた恰好《かっこう》で入って来ただけだった。人んちに入る時は、ひと声掛けるとか、戸を叩《たた》くとかするものだ。全く礼儀のない男である。

「これは親分、お早うございます」

喜十は低い声で言った。

「並木町の大内屋の隠居を見掛けなかったか」

銀助は怒鳴るように訊《き》く。喜十は留吉と顔を見合わせた。どうやら迷子になったのは大内屋の隠居らしいと、二人も当たりをつけた。

「いいえ、見掛けませんが、どうしました」

「ゆんべから姿が見えなくなったらしい。ゆんべはあの吹雪だ。どこかで凍え死んでいるんじゃねェかと、大内屋も近所も大騒ぎで隠居を捜しているのよ」

「とうとう、あの婆《ばば》ァ、やっちまったな。いつかはこんなことになるんじゃねェかと心配していたんだが」

留吉は独り言のようにぶつぶつと呟く。

「おう、留公、奥歯にものがはさまったようなもの言いをするじゃねェか。何がやっちまっただ。何がいつかはこんなことになるんじゃねェかだ。仔細《しさい》を知っているなら聞かせてくんな」

銀助は綿入れ半纏《ばんてん》の裾《すそ》をめくって店座敷に腰を下ろした。

「親分、火の傍《そば》においでなさい。そこは出入り口ですから、風が入りますよ」

喜十は勧めたが「おれは朝から呑気《のんき》に茶を飲んでいるほど暇じゃねェ」と皮肉を言

った。

留吉はむっとした顔になった。

「喋《しゃべ》らねェよ。大内屋の婆ァのことなんざ、金輪際喋ってやるもんか。親分は浅草広小路界隈を束ねている土地の御用聞きだ。大内屋の婆ァのことは先刻承知之助《せんこくしょうちのすけ》だろうよ。まさか知らねェとは言わせねェよ」

留吉は存外に意地のある男だと喜十は感心した。

「手前ェ、このう、ぶっとばすぞ」

だが、銀助は気色ばんだ。

「やれるもんならやってみな。ふん、岡っ引きが怖くて大工ができるかってんだ」

留吉の理屈は妙だと思ったが、留吉は休みたくて休んでいる訳じゃない。それを銀助に暇人のような言い方をされては肝《きも》が焼けるというものだ。しかし、ここで喧嘩《けんか》が始まっては眼も当てられない。まあまあ、と喜十は二人を制した。

「大内屋のご隠居は、どうも夜になると隠居所を抜け出して外を歩き回る癖があったそうですよ」

喜十は留吉の代わりに応《こた》えた。

「しかし、ゆんべはあの吹雪だ」

銀助は納得できずに言葉を返す。

「ご隠居は少し惚《ぼ》けも入っていたようです。吹雪だろうが雨降りだろうが頓着《とんちゃく》しなかったんでしょうよ」

「そんなもんかなあ。訳がわからねェ。ああ、面倒臭ェ……」

銀助は、つい本音を洩《も》らした。留吉は小意地悪そうに笑った。

「親分の仕事はてェへんだね。こちとら雨や雪が降れば、仕事は休みになるが、親分はそうじゃねェ。これから年の暮に掛けて、押し込み、騙《かた》り、首縊《くびく》り、夜逃げと続くだろうよ。おれァ、岡っ引きじゃなくて、つくづくよかったぜ」

留吉は相変わらず小意地の悪い言い方をする。

「やめてくれェ」

銀助は頭を抱えた。

「留さん、いい加減にしねェか。親分、早く大内屋のご隠居の行方を捜して下さいな。行き倒れていたとしても、今なら医者の手当てをすれば助かりますよ」

喜十は銀助を励ました。

「だな」

銀助は両手で顔を撫《な》で下ろし、吐息をひとつついて腰を上げた。

「邪魔したな。上遠野の旦那《だんな》がここへ立ち寄ったら、それとなく大内屋の隠居のことは耳に入れておいてくれ」

「承知致しました」

喜十が応えると、銀助は肩を落とした恰好で見世を出て行った。油障子を開けっ放しにして。喜十は舌打ちして、戸を閉めた。

「しかし、誰も大内屋の婆ァの姿を見ていねェというのも妙ですね。川に嵌《は》まったのかな、それともどぶかな」

「留さん、悪いことばかり考えるのはよくないよ。その内に見つかるさ」

喜十はそう言ったが、留吉と同じで悪い予感ばかりがした。

大内屋の隠居はその日の昼頃に見つかったが、すでに事切れていた。花川戸町《はなかわどちよう》の近くにある勝蔵院《しようぞういん》という大きな寺の境内で倒れていたそうだ。前夜の吹雪で倒れた隠居の身体《からだ》は雪で覆《おお》われ、発見が遅くなったという。

しかし、隠居の死に方には腑《ふ》に落ちないところがあった。隠居は腰巻ひとつの半裸の状態で、しかも、腕や腿《もも》に喰いちぎられたような痕《あと》があり、夥《おびただ》しく血を流していたのだ。駆けつけた奉行所の同心が銀助と一緒に調べると、隠居の骸《むくろ》から少し離れた場所に脱ぎ捨てられた隠居の着物と下駄があったという。

不逞《ふてい》の輩《やから》が隠居を年寄りと思わず、もっと若い女だと勘違いして襲ったのだろうか。そして、襲った後に腕や腿を喰いちぎったというのだろうか。だとすれば、下手人は常軌を逸した人間にも思える。浅草広小路界隈は隠居の噂《うわさ》で持ち切りとなった。銀助は用心のため、女子供の夜の外出を当分控えるよう触れ回った。

上遠野平蔵が日乃出屋を訪れたのは喜十が見世の暖簾を下ろす少し前のことだった。上遠野はたっつけ袴《ばかま》に綿入れ半纏という妙な恰好をしていた。商人にも見えないし、かと言って武士にも見えない。しかし、ひそかに小太刀《こだち》を携《たずさ》えているのを喜十はとっくに承知していた。

「お務めご苦労様でございます。ささ、中へどうぞ。お寒うございやしたね」

喜十は、ねぎらいの言葉を掛けて上遠野を促した。上遠野は見世に入ると、店座敷の壁に吊り下げていた薄茶色の革の羽織と袴に眼を留めた。福太郎に頼まれていたものだ。

「福太郎はまだやって来ておらぬのか」

「へい。明日辺りにはおいでになると思いますが」

「そうか」

上遠野は応えたが、声に元気がなかった。大内屋の隠居の件で参っている様子である。今まで聞き込みをしても、これといった情報は得られなかったのだろう。喜十は上遠野の気持ちを引き立てるように、いらぬことまでぺらぺらと喋った。

「行李《こうり》から出してみると、羽織と袴にカビは生えてるわ、折り皺《じわ》はついてるわで、ここまできれえにするのがてェへんでしたよ。うちの奴がどこからか馬の油を持って来まして、それで必死に磨いたんですよ。この羽織と袴は、どうも氈鹿《かもしか》の皮らしいですよ」

「ん？」

上遠野の表情が少し動いた。

「喜十、悪い洒落《しゃれ》だな」と苦笑いする。

「わっちが何かおかしなことを言いましたかい」

「馬の油で鹿の皮を磨くとな？　それでは馬鹿《ばか》となる」

「なある……」

喜十はようやく気づき、二人はそこで少し笑った。だが、上遠野はすぐに浮かない表情に戻り、ため息をつく。

「どうなさいやした。いつもの旦那らしくもありやせんよ」

「うむ。大内屋の隠居のことだが……」

話を続けようとした時、おそめが銚子《ちょうし》と肴《さかな》を載《の》せた盆を持って現れた。

「上遠野様、お務めご苦労様です。これを飲んで温まって下さいまし。外廻りのお仕事で、さぞ、お身体が冷えましたでしょう」

おそめは愛想よく上遠野に猪口《ちょこ》を持たせ、銚子の酒を勧めた。

「うまい。寒い冬はこれが一番だな」

上遠野はお世辞でもなく言う。肴は大根の煮付けだった。朝から煮込んでいたので、味が滲《し》みてしかも柔らかい。

「大根はたくさん作りましたので、ご遠慮なくお代わりして下さいまし」

「かたじけない」

上遠野はようやく笑顔になった。

「それで大内屋さんのご隠居のことはどうなりましたか」

喜十は続きを促した。上遠野は「うむ」と応えたが、すぐに口を開かなかった。おそめは、自分が傍にいては邪魔になると察して「お前さん、あたしは向こうにおりますので、何かありましたらお声を掛けて下さいまし」と言って奥へ下がった。

「隠居の死因がどうにも腑《ふ》に落ちぬのだ。これが真夏だったら、隠居が裸のような恰好でいても、わしはさして頓着しなかっただろう。だが、今は冬のさなかだ。そこがどうにも引っ掛かるのだ」

「さいですね」

喜十も低く相槌《あいづち》を打った。

「これは大内屋の主と内儀《ないぎ》が示し合わせて隠居を裸にして外へ放り出したとも考えられる。二人は隠居が夜な夜な外を歩き回ることに悩まされていたからな」

「まさか、そこまではしねェでしょう」

「わしもまさかとは思うが、人のやることには予測がつかぬ場合もある。それで、近所の聞き込みをしていたのだ。二人が隠居に手を焼いていたのは事実だった。大内屋の主が業《ごう》を煮やして隠居に怒鳴っている声を聞いた者もいるのだ。新たな下手人が見つからぬ場合、二人をしょっ引《ぴ》くことになるやも知れぬ」

「………」

喜十は何んと応えてよいかわからず黙った。

しょっ引かれたとなったら、大内屋はこれでお仕舞いという気がした。商家は一度評判を落とすと、立て直すのが容易ではない。

「むろん、二人は隠居が死んだことに動転しておる。内儀は自分がもっと気をつけていればこのようなことにならなかったと、泣きの涙で悔いておった。わしはその涙を演技と思いたくないが、疑いの眼で見れば、何んでも怪しく思えてならぬ。喜十、奉行所の役人なんざ因果な商売ェよ」

上遠野は皮肉な調子で吐き捨てた。

「しかし、幾ら大内屋の隠居が惚けていても、真冬に裸にされて、じっとしておりますかねえ。別に着物を着ていたところで、あの寒い晩に行き倒れたら助からなかったんじゃねェですかい」

「わからん」

上遠野は首を振って勢いよく猪口の酒を呷《あお》った。喜十も大内屋の主とお内儀《かみ》が隠居を外へ連れ出し、勝蔵院の境内で隠居の着物を引き剝《は》がす想像をした。隠居はそうされたら、寒い寒いと喚《わめ》くだろう。その口を封じるために主は隠居を殴る……だが、寺の坊主《ぼうず》達は騒ぎに気づくはずだ。何より、殴って気を失わせたとしても青痣《あおあざ》がつくぐらいで、喰いちぎられたような痕《あと》は残らない。いや、お内儀が腕に齧《かじ》りついたのか。様々なことを考えて喜十の頭は混乱した。その夜の上遠野と喜十は幾ら飲んでも酔えなかった。

結局、二人で一升ほど飲み干し、上遠野は日乃出屋に泊まることとなった。

四

荒井福太郎は翌日の午前中に日乃出屋を訪れた。その時には、上遠野はすでに奉行所に戻り、見世にはいなかった。

福太郎は甑鹿の羽織と袴に大喜びした。袴の丈が少し短いような気がしたが、裾をすぼめるように細工するので、むしろ短めのほうが都合がよいと福太郎は言った。

それから福太郎は恐る恐るという感じで代金を訊《たず》ねた。

「これは売り物じゃござんせんので、どうぞお気遣いなく」

喜十はおそめに言われた通りに応えた。

「それはいけません、日乃出屋さん。こちらが無理に頼んだことですから」

福太郎は慌《あわ》てて喜十を制す。

「よろしいのですよ。上遠野の旦那には日頃から何かとお世話になっております。義理の仲とはいえ、弟さんがお上の御用で北国に行きなさるのですから、わっちもお手伝いできて嬉《うれ》しゅうございます」

「しかし……」

福太郎はなかなか承知しない。上遠野とは大違いである。

「うちの奴《やつ》からも銭を取ってはいけないと釘《くぎ》を刺されております。ですから、黙ってお納め下さいませ」

「本当によろしいのですか」

「はい」

「それではお言葉に甘えて頂戴《ちようだい》致します。お内儀さんはご在宅ですか」

福太郎はおそめにも礼を言いたいようだった。

「あいにく、近所に弔《とむら》いがございまして、ちょいとそちらへ悔やみを述べに行っております」

大内屋はようやく通夜《つや》を執《と》り行なうという。おそめはその前に、ちょっと顔を出し、お内儀を慰めるつもりで並木町へ出かけたのだ。福太郎はおそめと会えないことを残念がった。

「それがしも近日中に江戸を出立致しますので、もう一度ここへ伺えるかどうかはわかりません。日乃出屋さん、何卒《なにとぞ》、お内儀さんにもよろしくお伝え下さい」

「ご丁寧にありがとうございやす」

喜十は畏《かしこ》まって頭を下げた。

「昨夜は姉上のお宅へ伺ったのですが、義兄上《あに》はお留守でした。お務めにお忙しくされておるようですね」

「旦那は昨夜、うちへ泊まったんですよ。そのう、ちょっと不可解な事件がありましてね」

「不可解な事件?」

福太郎は怪訝《けげん》な表情をした。

「ええ。並木町に大内屋という海苔屋《のりや》がございますが、そこの隠居が、近頃惚《ぼ》けが進んでおりまして、夜な夜な外を出歩くようになったんですよ。一昨日《おとつい》の吹雪の夜もご隠居はそっと家を抜け出したらしいのです。家の者が捜しましたが、その夜は行方がわかりませんでした。昨日の昼になって、寺の境内で倒れているのが見つかりました。ですが……」

そこまで言って、喜十は目の前の福太郎に不快な思いをさせるのではないかと気づいた。

「命は助からなかったのですね」

福太郎は喜十の話の続きを受けるように言った。

「ええ」

「それのどこが不可解なのですか」

福太郎はまっすぐに喜十を見つめて訊《き》く。白眼が青みを帯びている。黒眼はきらきらと光っていた。きれいだな、と喜十は思う。

自分もかつてはこのような眼をしていたのだろうか。わからない。若い時代は、あっという間に過ぎ、気がつけば、しょぼくれた中年男の自分になっていたのだ。

「日乃出屋さん」

福太郎は話の続きを急《せ》かした。

「ああ、すみません。ちょっとぼうっとしてしまいました。大内屋のご隠居は見つかった時、腰巻ひとつで、ほとんど裸の状態だったのです。おまけに、腕や腿の肉に喰いちぎられたような痕があったのです。上遠野の旦那はそれがどうにも解《げ》せないご様子でした」

そう言うと、福太郎は眼を大きく見開き、喜十を凝視した。

「な、何か……」

喜十は福太郎の表情に気圧《けお》され、少しのけぞるような恰好《かっこう》で福太郎に訊いた。

「それはもしかして、矛盾脱衣《むじゅんだつい》ということかも知れません」

「矛盾脱衣？」

初めて聞く言葉だった。意味がわからない喜十のために福太郎は丁寧に説明してくれた。

「見分隊が編成された当初は蝦夷地《えぞち》の寒気というものが、まだはっきり把握できなかったのです。その時の見分隊は西と東に分かれて調べを進めたそうです。東の見分隊は調査を終えると引き上げましたが、西の見分隊は越冬して寒気を試すと言い出したそうです。それは隊の長《おさ》の考えでもあったのでしょう。ところが、越冬すると言っても、まともな住まいもなく、使われていなかった蝦夷の小屋に荷を下ろしたのです」

そこは蝦夷の集落から離れた場所にあったので、吹雪となったら、たちまち道は閉ざされ、食料や燃料の補給もできなくなってしまった。結果、西の見分隊は全員が凍死するという羽目になったという。隊の長は意識がある内、こと細かく、蝦夷地の様子を書き留めていたらしい。それによると、あまりの寒さに気がふれた隊員の中には裸になって外へ飛び出す者がいたという。それが矛盾脱衣だった。誰がそう呼んだのかは、定かにわからなかったが、人間は常軌を逸すると、とんでもない行動に出る生きものらしい。

「ですから、そのご隠居も、もしかして矛盾脱衣に見舞われたのではないかと、それがしは考えます」

福太郎はきっぱりと言った。

「それでは、ご隠居の身体《からだ》が喰いちぎられたのはどのような理由になるのでしょうか」

喜十は疑問をぶつけた。

「野良犬《のらいぬ》でしょう。餌《えさ》の工面ができなくなった野良犬が倒れたご隠居を襲ったのです」

「野良犬ですか……」

喜十は天井を見つめて呟《つぶや》いた。確かにこの辺りには野良犬が多い。寺の境内は夜になると無人になるので、野良犬が巣くっていることも考えられる。

「上遠野の旦那《だんな》は死んだご隠居の倅《せがれ》と嫁に疑いの眼を向けているようです」

「それは筋違いでしょう。よろしい。それがしがこれから義兄上と会って、矛盾脱衣の可能性もあると説明致しましょう」

「そ、そうですかい。上遠野の旦那は並木町の大内屋か、もしくは銀助という土地の御用聞きが詰めている自身番においでになるはずです。わっちがご案内すればよろしいのですが、あいにく、うちの奴がいないので見世を空ける訳には参りませんので」

「案内には及びませんよ。それでは、さっそく」

福太郎は羽織と袴《はかま》の入った風呂敷《ふろしき》包みを摑《つか》んで腰を上げた。

「よろしくお願い致します」

深々と頭を下げた喜十に福太郎はとびきりの笑顔を見せて見世を出て行った。

一人になると気が抜けた。しかし、世の中には様々なことがあるものだと、喜十はつくづく思う。矛盾脱衣とは、いかなる心のなせる業なのだろうか。留吉の女房の叔父と言い、大内屋の隠居と言い、人は思わぬ形で命を落とすこともあるのだ。しかし、酔っ払いに酒を飲むなと言っても無駄だろうし、年寄りに惚けるなと言うのも無理なことだ。

自分はどんな年寄りになるのだろうか。はたまた、どんな死に方をするのだろうか。

喜十の疑問は尽きなかった。

荒井福太郎が言っていた矛盾脱衣は、大内屋の隠居の死因とは認められなかった。それを奉行所の役人が納得するには難し過ぎたからだろう。もっとも、北国で起きた事例をこの江戸に当て嵌《は》めても始まらない。ただ、大内屋の隠居が身体の肉を喰いちぎられていたのは野良犬の仕業《しわざ》であるという点は取り上げられた。隠居は野良犬に襲われて絶命したことになった。これにより、大内屋の主と内儀の疑いは晴れ、まずは一件落着というものだった。

師走に入り、寒さはますます厳しくなったが、大内屋の隠居が行方知れずとなったあの晩のような寒さには至らなかった。雪はそれからも降ったが、積もるまでは行かず、筑波《つくば》おろしの風だけが浅草広小路界隈《かいわい》に強く吹きつけていた。

「不思議だの。雪が積もっていた頃のほうが温かく感じる」

上遠野は湯豆腐を肴《さかな》に熱燗《あつかん》の酒を飲みながら、しみじみした口調で言う。これから務めは繁忙を極めるが、その前のほんの僅《わず》かな時間、上遠野は喜十と酒を酌《く》み交わしたい気分になったようだ。上遠野が頻繁に日乃出屋を訪れるのは、やはりおそめのもてなしがいいからだ。

「荒井様は江戸を発《た》たれたようですね」

寒さが福太郎のことを喜十に思い出させた。

「うむ。しっかりお務めをしろと言ったら、はいと元気よく応《こた》えておった。これから身も心も凍りそうな土地で苦労するというのに」

「若さでございますね」

「さよう、若さだな。とてもわしには真似《まね》のできぬことだ」

「きっと北国での経験が荒井様のこれからの人生に役立つことでしょう」

「ほう？」

上遠野は悪戯《いたずら》っぽい表情で喜十を見た。

「喜十、珍しくいいことを言ったぞ」

「そうですかねえ。しかし、お世辞でもなく荒井様はよい若者ですよ。近頃、あのような清々《すがすが》しい若者にお目に掛かったことはありやせんよ」

「わしもそう思うておる。あいつは出世する人相をしておる」

「旦那は人相見の心得があるんですかい」

「何を言うか。人の行ないはすべて顔に表れるものだ。お前のように古着の掠《かす》りで喰っておる者は、そのように卑《いや》しい顔つきとなる」

「お言葉ですがね、その卑しい顔つきの男の所で酒を飲む旦那はどうなんですよう」

喜十はむっとして言葉を返した。

「わしは見ての通り、三十俵二人扶持《ににんぶち》のしがねェ町方役人よ。お前とは同じ穴のむじなだ」

上遠野は珍しく謙虚に応えた。

「そんなことはありやせんよ。旦那はお武家で、わっちは素町人《すちようにん》だ。身分の違いというものがございやす」

「何を青臭ェこと抜かしておる。士農工商の身分制度の実際を考えてみろ。江戸の経済を担《にな》っているのは商人よ。百姓を武士の次の位に置いているのも年貢《ねんぐ》を滞《とどこお》りなく取り上げるための方便だ。世の中はこのように矛盾に満ちておるのだ」

「矛盾ですか……」

その言葉が出て、喜十はまた福太郎が言ったことを思い出した。上遠野は喜十の考えを読んでいたかのように「しかし、矛盾脱衣というのは不思議なことだのう」と言った。

「さいです。一枚でも着物を重ねたいほど寒気のきつい時に、わざわざ裸になるんですからねえ。しかし、大内屋の隠居については、矛盾脱衣ということは通らなかったでげしょう？」

「ああ。わしでも納得できぬことが、どうして世間を納得させることができるか。いや、世間ではなく、お奉行だな」

「そうですか」

喜十はそう言って上遠野に酌《しゃく》をした。

「お前は納得したのか？」

「い、いいえ。ですが、その前に裏の大工の話を聞いておりましたんで、そんなこともあるのだろうと思ったまでです」
「裏の大工？」
「へい。留吉って男ですよ。そのかみさんの叔父貴がどぶに嵌まって溺《おぼ》れ死んだんで
すよ」
喜十は留吉から聞いた話を上遠野に教えた。
上遠野は大内屋の隠居の死よりも、そちらのほうに驚き、たはッ、と大袈裟《おおげさ》な声を
上げた。
「世の中、様々だな」
上遠野はため息交じりに言う。
「さいです」
「さて、今年も半月足らずで終わる。年々、月日の経《た》つのが速くなる一方だ。こうや
って、うろちょろしている内に年寄りになり、お陀仏《だぶつ》となるのか。人生なんてつまら
ぬものだ」
「そうですかねえ。わっちは毎日、客の相手をしたり、近所の人と交わっていると、
さほどつまらねェとは思いやせんよ。こうして上遠野の旦那ともお近づきになれまし

たし」

「世辞を言うな」

「お世辞じゃありませんって」

「喜十、ちょいとほしい物がある」

上遠野は上目遣いで喜十を見る。そら来た、と喜十は身構えた。ちょいと甘い顔を見せると、すぐにつけ込んで来る男だ。

「何んでござんしょう」

喜十は醒《さ》めた眼で訊いた。

「福太郎のような革の袴がほしい」

「……………」

「羽織はいらぬ。袴だけでよいのだ。あれがあれば寒い冬も平気の平左で過ごせる」

平気の平左？　そんな御仁がどこにいるというのだ。喜十はしばらく黙った。

「革の袴を見た途端、わしはくらくらっとなった。この先、ほしい物などないと思うていたが、あれだけは是非にもほしい。何んとかしてくれ」

上遠野は縋《すが》りつかんばかりに言う。

「お高いですよ。古着でも一両は覚悟していただきませんと。しかし、その前に、旦那のツケが相当溜《た》まっておりやす。少し何していただけませんでしょうか。いえ、ほんの二、三両で結構ですので」

途端、上遠野は眼を剝《む》き「いらん。わしは何もいらん。革の袴など気の迷いだった。おお、野暮用を思い出した。悪いがこれで帰るとする」と、そそくさと腰を上げた。慌《あわ》てて奥から出て来たおそめが引き留めても上遠野は聞かなかった。そのまま、外へ出て行った。

「また上遠野様を怒らせてしまって」

おそめは喜十を詰《なじ》った。

「師走《しわす》だから、ツケを少し払ってくれと言っただけだよ。おまけに荒井様に用意した革の袴を手前ェもほしがってさあ、図々《ずうずう》しいにもほどがある」

「お話が逆でしょう? 上遠野様が革の袴をお望みになったんで、お前さんはツケのことを持ち出したのでしょう?」

「……」

「可哀想《かわいそう》によほどほしかったのでしょうね」

「可哀想って、ツケを払って貰《もら》えないわっちのほうが可哀想だろうに」

「お前さんは時々、意地の悪いことをおっしゃる人ですよ。長いおつき合いを考えたら、革の袴の一腰や二腰、何んですか」

「そいじゃ、お前が見つけてやったらいい」

「おあいにく。あたしは古手屋じゃなく、古手屋の女房ですから、商いのことはわかりませんよ」

「お前は矛盾の多い女だ。そんな了簡《りようけん》をしていると、大内屋のご隠居みたいに真冬に裸で倒れ、野良犬におっぱいや、おそそを喰われてしまうぞ」

「いやらしい。よくもそんなことを言えるものですね」

おそめはぷりぷりして、喜十の飲み掛けの猪口《ちよこ》を奪い取り、さっさと台所に運んでしまった。ああ、と喜十にため息が出る。さっきまで上遠野とうまい酒を飲んでいたのに、これでは台なしである。

もう一度、詮《せん》のないため息をつくと、遠くから野良犬の遠吠《とおぼ》えが聞こえた。

「くたばりやがれ！」

思わず悪態が口をついて出る。

「何んですって、もう一度おっしゃいまし」

おそめの硬い声が聞こえた。ろくにものも言えない。喜十はそう思いながら三度目のため息をついた。

小春の一件

一

正月を過ぎると、古手屋喜十《きじゅう》の見世「日乃出屋」は若い娘の客がとみに増える。いつの世も若い娘というのは身の周りを飾ることに熱心なものである。冬の間はぼてぼてした綿入《わたい》れを着ていたので、そろそろ明るい色の春着《はるぎ》に心が魅《ひ》かれるらしい。日本橋の一流どころの呉服屋では母親につき添われた大店《おおだな》の娘が金に糸目をつけず、入荷したばかりの春着をあれこれと選んでいるようだが、ここ田原町二丁目の日乃出屋に訪れる客に大店の娘がいるはずもない。商家の女中をしている者やら、水茶屋の茶酌女《ちゃくみむすめ》やら、若い職人の女房やらが少しでも安く、かつよい品を見つけようと躍起になっていた。

特に材木屋の主《あるじ》が富籤《とみくじ》に当たったとかで、そこに奉公している女中達もお福分けにあずかり、五人が一斉に日乃出屋を訪れた時は、まるで野分《のわき》に見舞われたような騒ぎだった。女中達は、上は三十二、三の年増《としま》から、下は奉公に上がったばかりの十四、五の娘と年齢こそ様々だが、衣紋竹《えもんだけ》に吊《つ》り下げた着物はもちろん、店座敷に畳んで置いた着物も手当たり次第に掻《か》き回し、わあわあ、きゃあきゃあと、皆、凄《すさ》まじい歓声を上げていた。まあ、商家の女中に出される娘は木綿物の着物を一枚か二枚に浴衣《ゆかた》ぐらいしか持っていないものである。年に二度の藪入《やぶい》りには、古着とはいえ、ちょいとおめかししたところを実家の家族に見せたい気持ちは喜十もわからぬでもない。ちょうど、正月十六日の藪入りの日が迫っていたこともあり、なおさら女中達は興奮していた。

一刻《いっとき》（約二時間）も掛けて、ようやくこれぞという品を手にすると、女中達はそれぞれ風呂敷《ふろしき》に包んだ着物を大事そうに抱えて帰って行った。

喜十は女中達が去っても店座敷に座ったままだった。何から手をつけてよいかわからず、しばし呆然《ぼうぜん》としていた。

一人三十八文から四十五文の値で、五人で都合二百文ほどになったが、四文ずつ値引きさせられたので百八十文とちょっとの売り上げだった。一度にそれほどの売り上げがあるのは日乃出屋でも珍しいので、ありがたいことはありがたかったが、後始末が骨だった。

「あらあら、派手に拡《ひろ》げてくれましたねえ」

内所（経営者の居室）から出て来た女房のおそめが苦笑いした。

「まだ耳がじんじんするよ。おなごが五人も集まると、すごい声になるんだね」

喜十は掌《てのひら》で耳を軽く叩《たた》きながら言った。おそめは小さな声で話す女なので、なおさらそう感じたのだろう。

「でも伊勢屋《いせや》さんの親方は太っ腹なお人ですね。女中さん達もこれから張り切って働くことでしょうよ。損して得取れとは、このことですよ」

「富籤で当てた金なんざ、ぱあっと遣うほうがいいのさ。そういう金は身につかないもんだからね。伊勢屋の親方は、ちゃんとそれを知っているから、女中達にも大盤振る舞いしたんだろう。いや、なかなかできた男だ」

浅草の材木町にある「伊勢屋」は材木屋としては中堅の店だが、大工職人を十人ほど抱えていた。

材木を売る傍《かたわ》ら、建物の普請《ふしん》も請《う》け負うという利口な商売をしている。喜十の近所に住んでいる留吉《とめきち》も伊勢屋に抱えられている大工だった。

「でも、伊勢屋さんが五人も女中さんを使っていたなんて驚きですよ。あそこは見た目より繁昌《はんじょう》しているお店なのですね」

おそめは感心した表情で言う。

「留さんの話じゃ、忙しくなりゃ、女中の中には玄能《げんのう》（金槌《かなづち》）を持って手伝う勇ましいのがいるそうだよ」

「あら、そうなんですか」

「門前の小僧何んとやらで、三年も奉公していりゃ、見よう見まねでも結構、玄能の使い方が様《さま》になっているそうだ。台所仕事より好きな奴《やつ》もいるって話だ。おなごが玄能を持つ姿はあまりいただけないから、一応、親方はやめとけ、やめとけと言うが、このままじゃ決められた工期まで間に合いませんよ、と応《こた》えて、さっぱりやめる様子がねェのよ。段取りも呑《の》み込んでいるから親方も口を返せないらしい。まあ、羽目板に釘《くぎ》を打つぐらいならおなごでもできるだろう。忙しくなりゃ、それだって大層助かるだろうし」

「主人が奉公人のことを思うから奉公人も主人の為《ため》を思うのね。あたし、すっかり伊勢屋さんの贔屓《ひいき》になっちゃった」

　おそめは弾《はず》んだ声を上げた。

「留さんがそれを聞いたら喜ぶよ。さて、後片づけをするか」

　喜十は吐息をひとつついて手許《てもと》の着物を引き寄せた。おそめも「手伝いますよ」と笑顔で言った。

その時、見世の前を通り掛かった娘が興味深そうに中を覗《のぞ》いた。店座敷に拡げられていた着物に眼を奪われた様子だった。

「よろしかったら、中へお入りになってごらん下さい」

喜十は如才なく声を掛けた。地味な縞《しま》の着物に、これも地味なねずみ色の綿入れ半纏《ばんてん》を重ねている十七、八の娘だった。寸法が合っていないのか、やけに着物が大きく見えた。

頭は自分で結っているらしく、前髪を紅絹《もみ》のきれいで括《くく》り、髷《まげ》の後ろに黄楊《つげ》の櫛《くし》を挿《さ》していたが、耳の辺りのほつれ毛が目立った。それでも、娘の顔には年相応の若さが感じられた。

「いえ、ちょっと前を通っただけですから」

娘は慌《あわ》ててそう言うと、そそくさと去って行った。

「見慣れない娘さんね。この辺りに住んでいるのかしら」

おそめは怪訝《けげん》そうに言った。

「さあ、妙ちきりんな恰好《かっこう》をしていたよ。世間の娘は春着だと騒いでいるのにさ」

「あの着物も綿入れも男物でしたよ」

おそめは目ざとく娘の恰好にあたりをつける。

「へえ、そうだったかい」

「はしょりをずい分余計に取っていましたもの。ご亭主の着物でも借りたのかしら」

「亭主持ちには見えなかったなあ」

「それもそうですね。でも、大層可愛《かわい》らしい顔をしておりましたよ」

「おそめより？」

喜十は悪戯《いたずら》っぽい表情で言った。

「あら……」

お世辞を言われて、おそめはぽッと頬を赤くしたが「早く片づけてしまいましょう。ぐずぐずしていると日が暮れてしまいますよ」と、笑いを堪《こら》えながら言った。

あの娘も春着がほしかったのかなあと、喜十はぼんやり思った。もちろん、ほしいに決まっているはずだ。それができないから、家にあった男物の着物で我慢しているのだろう。伊勢屋の親方のように太っ腹な人間が現れて、あの娘に春着を奢《おご》ってくれないものだろうかと、喜十は虫のよいことを考えていた。

しかし、品物の後始末をした頃には、通りすがりの娘のことなど、きれいさっぱり忘れていた。

二

一月の十六日の藪入りの日は、浅草広小路近辺には着飾った娘達の姿が多かった。おおかたは商家に奉公している女中だった。主から幾らかの小遣いを貰い、その日一日は自由な時間が与えられる。実家に戻る者は泊まることも許される。実家に戻る前に娘達は手土産を買い、その後で汁粉屋などに寄り、久しぶりに甘いものを堪能《たんのう》するのだ。浅草広小路の甘味処《かんみどころ》はそんな娘達でいっぱいだった。反対に喜十の見世は朝から暇だった。客が一人も訪れない。

「おそめ、ちょいと近所をぶらぶらして来るよ」

喜十は暇潰《ひまつぶ》しに外へ出る気になった。外はよい天気で、風もそれほど冷たくない。広小路の水茶屋にでも行くつもりだった。

水茶屋「桔梗屋《ききようや》」は緋《ひ》毛氈《もうせん》に座っている客が一人いただけで、こちらも暇そうだった。

「あら、日乃出屋の旦那《だんな》、お珍しい」

茶酌女のおみよが満面の笑みで声を掛けて来た。

おみよは年が明けて十九になったはずだ。まだ嫁入りする様子もない。薄紅色の春着が大層似合っていた。

「いい着物を着ているじゃないか。どこで誂《あつら》えた」

喜十は冗談交じりに訊《き》く。おみよは喜十の見世でなく、別の見世が贔屓だ。しかし、それについて、どうのこうの言うつもりはなかった。

「いやだ、三年前のものですよ。このご時世にあたしらが春着を新調できるもんですか」

おみよは皮肉っぽく応え、すぐさま煎茶《せんちゃ》を運んで来た。一杯目は煎茶でお代わりは桜湯か香煎《こうせん》（赤米を煎《い》って香りをつけたもの）の茶を出す。それで二十四文ほどの茶代を取るのだ。茶代としては高直《こうじき》だが、茶酌女とお喋《しゃべ》りができるので男の客が絶えない。喜十は桜湯も香煎も嫌いなので、煎茶しか飲まない。おみよは、とっくにそれを承知していた。

「今日は藪入りだが、おみよちゃんは休みじゃないのかい」

そう訊くと「うちの見世は交代でお休みするんですよ。あたしはあさって」と、おみよは応えた。両国まで出て芝居見物でもしようかと思っているんです、と嬉《うれ》しそうに続けた。

「そいつは楽しみだな」

喜十はおざなりに応え、茶を啜《すす》った。吟味した茶の葉を使った煎茶は大層うまかった。茶代が高直なのも肯《うなず》けるというものだ。それに比べ、自分の家で飲む茶の味は、もうひとつだった。

茶を飲みながら、ぼんやりと広小路を往来する人々を眺めていると、ふと、先日喜十の見世を覗《のぞ》いた娘が大川の方向へ歩いて行くのに気づいた。

桔梗屋にいた三人の茶酌女もそれに気づいたようで、肘《ひじ》を突っつき合いながら笑っている。改めて娘の恰好を眺めると、全くへんてこりんだった。おまけにこの間は気づかなかったが、茶色の一升徳利をぶら下げている。徳利の口に麻紐《あさひも》を結わえて、手で持てるようにしてある。もう一方の手には醤油《しょうゆ》で煮しめたような風呂敷包みを持っていた。

娘は茶酌女の笑い声に、ふとこちらを強い眼で睨《にら》んだ。なに見てるのよ、と言いたげだったが、言葉は喋らなかった。

娘の姿が遠ざかると、茶酌女達は堪《こら》え切れずに声を上げて笑った。

「相変わらずだこと、あの洗濯婆《ばば》ァ」

おみよは小意地悪く吐き捨てる。

「おいおい、あの娘に婆ァはないだろう」

喜十は窘《たしな》めた。

「いいんですよ、婆ァで。幾ら着る物がないからって、てて親の着物を仕立て直しもせずにじょろりと着て、それで平気な顔で通りを歩いているなんて、全く気が知れない。あいつ、頭がおかしいのよ」

「あの娘はどこに住んでいるんだい？」

「蛇骨長屋《じやこつながや》ですよ。てて親は大伝馬町《おおてんまちよう》で数珠師《じゆずし》をしていたらしいけど、眼が弱って仕事ができなくなり、おまけに労咳《ろうがい》も患《わずら》って去年死んでしまったのよ。てて親は仕事柄、寺とも関わりがあったから、聖天町《しようでんちよう》の寿光院《じゆこういん》という寺の住職が残された娘を不憫《ふびん》がって、自分の寺の洗濯を任せているんですって」

「そうかい……」

気の毒な娘だと喜十は同情していた。蛇骨長屋は伝法院《でんぼういん》の池の傍にある裏店《うらだな》だが、普通の裏店より一段落ちた建物が細長く並んでいる。店子の数も多く、百人長屋と呼んでもいい代物《しろもの》である。

「蛇骨長屋に住めるように口を利《き》いたのも、寿光院の住職だそうですよ。店賃《たなちん》は安いけれど、あそこは柄《がら》の悪い連中が多いから、一人暮らしなら何かと用心をしなければならないでしょうけど、それにしてもあの恰好はないと思いますよ」

おみよは娘のことをぺらぺらと喋る。

「一人暮らしなのかい」

喜十はおみよの話で合点がいった。母親が傍にいれば、もう少しましな恰好をしていたはずだ。しかし、人に笑われることもあるのに意に介するふうもない娘の気持ちが喜十には理解できなかった。あの年頃の娘は他人の目を特に気にするものだ。

「名前は小春《こはる》とか言うらしいけど、皆んなは洗濯婆ァと陰で呼んでいるんですよ」

おみよは小気味よさそうに言った。

「あの一升徳利には何が入っているんだい？　まさか酒じゃないだろうね」

「お酒を飲んで洗濯はできませんよ。あれは多分、ふのりだと思う」

洗濯物に糊《のり》づけするためのものだ。

「この季節は水が冷たいから洗濯も大変だろうね」

喜十がそう言うと「あら、仕事となったら何んでも大変なものですよ」と、おみよは、にべもなく応えた。小春の肩を持つような話を続ければ風向きがおかしくなると考え、喜十はそれ以上、何も喋らなかった。しかし、小春のことは、ひどく気になっていた。

藪入りも終わり、浅草広小路界隈《かいわい》がいつもの表情に戻った頃、伊勢屋の次男が大八《だいはち》車《ぐるま》で普請現場に材木を運んでいた途中、縛《しば》っていた縄《なわ》が解け、平衡を失った大八車が溝《みぞ》に落ちるという事故が起きた。ちょうど夕暮れ刻で、次男の虎吉《とらきち》は不足の材木を現場に運んでおけば、翌日はすぐに大工達が仕事に掛かれると考え、慌てて出かけたという。

虎吉は溝に嵌《は》まった拍子に足をくじいたらしく、身動きできなかった。運悪く、虎吉は一人で大八車を引いていたので、すぐには助けを呼ぶことも叶《かな》わない。場所は新《しん》鳥越町《とりごえちょう》の近所だったが、周りは田圃《たんぼ》で遠くに寺の甍《いらか》が見えるだけだった。溝というのは田圃に水を引くためのものだったらしい。それから一刻《いっとき》か、それ以上だったか、はっきり覚えていないが、虎吉はその場所にじっとしていた。辺りはどんどん暗くなり、虎吉は心細さに胸具合まで悪くなった。

しかし、辺りが真っ暗闇《くらやみ》になった時、ちらちらと提灯《ちょうちん》の灯りが見え、足音が聞こえた。

虎吉は「助けてくれ！」と大声を上げた。

提灯が目の前にかざされたが、人の顔はよく見えなかった。虎吉は痛みと疲れで意識も朧《おぼ》ろになっていたようだ。すぐに「よッ」と掛け声が入って、虎吉の身体《からだ》は溝から引き上げられた。だが、傾いた大八車と材木までは手がつけられなかったようで
「あんた、どこの人？　誰か呼んで来るよ」と、頭上で女の声がした。

「浅草材木町の伊勢屋という店です」

虎吉はようやく応えた。

「わかった」

女はそう応え、足早に去って行った。

やがて、知らせを受けた若い者が駆けつけ、虎吉は無事に店に戻り、医者の手当ても受けることができた。虎吉はそれからしばらく床から起き上がれなかったが、助けてくれた恩人に礼をしたいという気持ちが募《つの》った。ところが、その恩人が誰なのか、さっぱりわからない。知らせて来たのは頬被《ほおかぶ》りした男で、事情を早口に伝えただけで自分の素性は明かさなかったという。

「男じゃねェ、女に助けられたんだ」

虎吉はそう言ったが、心持ちが普通じゃなかったから、男か女か区別がつかなかっ

たのだろうと、周りは本気に取らなかった。

三

「何んだかよう、おかしな話だとおれァ、思うのよ」

仕事が早仕舞いした留吉は家に帰る前に日乃出屋に立ち寄り、虎吉の一件を語った。

伊勢屋は界隈の御用聞きの銀助《ぎんすけ》に虎吉の恩人捜しを頼んだようだ。

「親方と店の連中は、知らせて来たのが男だと言うし、若は女だと譲らないし、親分も困っている様子でしたぜ」

留吉は腑《ふ》に落ちない表情で話を続けた。

伊勢屋の主の卯三郎《うさぶろう》は親方、長男の丑松《うしまつ》は頭《かしら》と呼ばれている。丑松はいずれ伊勢屋の跡を継いで主に収まることになろう。丑松の年子の弟の虎吉は単に若と呼ばれていた。親子で店を守《も》り立てているので、奉公人や客は呼び方を変えて区別しているのだ。

卯三郎には他に三人の娘もいるが、皆、よそに片づいていた。丑松も女房と五歳になる娘がいたが、虎吉はまだ独り者だった。

「しかし、虎吉さんが無事でよかったよ。誰も気づかずにそのままでいたら、凍え死んでしまったかも知れないからねえ。春めいて来たとはいえ、夜はまだまだ冷えるし」

「さいです。若はおれ達にも色々気を遣ってくれる男なんですよ。あの日だって、仕事の段取りを考えて、材木を運んでおけば都合がいいだろうと思って一人で出かけたんですよ。そんなこたァ、誰か他の奴に任せりゃよかったのによう。しかし、不幸中の幸いで若は足をくじいただけで済んだ。骨は折れちゃいなかったんですよ。だからなおさら、助けてくれた恩人を捜して礼を言いてェ気持ちでいるんでさァ。だが、この恩人てのが、男かおなごかわからねェので困っているんですよ」

「野郎の中にゃ、おなごみてェな声で喋る奴もいるから、その手合じゃないのかねえ」

喜十は留吉にそう言った。

「だけど、旦那。この辺りにそんな奴がいましたっけ？　おれァ、ちょいと思い出せやせんよ。旦那は心当たりがあるんですかい」

「いや、わっちも心当たりはないが……」

喜十はもごもごと応える。芝居小屋の女形の役者が日乃出屋に来たことはあるが、普段のもの言いは、それほどなよなよしていなかったと思う。それも、何年も前の話だから、該当者とするには心許《こころもと》ない。恐らく違うだろう。

そこへおそめが茶を運んで来た。

「留さん、お仕事お疲れ様。ささ、お茶をどうぞ」

おそめは如才なく茶を勧めた。

「へい、ありがとうございやす」

留吉はぺこりと頭を下げた。

「何んですか、伊勢屋さんの二番目の息子さんが怪我《けが》をされたそうで、お気の毒なことでしたねえ。親方が富籤《とみくじ》を当てたというのに、その後でこんなことになるなんて、全く運がいいのか悪いのかわかりませんねえ」

おそめは困ったような表情で続けた。全くでさァ、と留吉は相槌《あいづち》を打つ。

「伊勢屋の虎吉さんは、助けてくれたのはおなごだと言ってるそうだが、材木町に知らせて来たのは男だと、奉公人達は口を揃《そろ》えているんだよ」

喜十が口を挟《はさ》むと「どういうことなんでしょう。あたし、さっぱり、訳がわかりませんよ」と、おそめは言った。

「そいつはおなごのような男じゃないかと、留さんと話をしていたところだ」

喜十がそう言うと、おそめは小首を傾《かし》げて思案顔をした。それから「男のような女の人だったのかも知れませんね」と、ぽつりと呟《つぶや》いた。

「あ！」

喜十はその拍子に小春のことを突然思い出した。小春があの恰好《かっこう》で、まして頬被りしていたなら、男に間違われても不思議ではない。

虎吉の急を告げられた伊勢屋の人間は動転していたので、ろくに顔も見ていなかったに違いない。とすれば、それは小春である公算が高いと思った。

「留さん、蛇骨長屋に住んでいる小春という十七、八の娘を当たってみたらどうだろう。いつも、てて親の着物を着ているから、夜に見たら、人は男と思うかも知れないよ。それに、小春は寿光院という寺に通って洗濯をしていると聞いたよ」

「寿光院なら聖天町にあるから、若が溝に嵌まった場所にも近い。旦那、おれはこれから銀助親分に知らせて来ますよ」

留吉はそう言うと、慌《あわ》てて外に飛び出して行った。

「いいの？　あんなこと言って。はっきりしたことでもないのに」

おそめは喜十が早とちりしていると思ったようだ。詰《なじ》るような眼で喜十を見た。

「ほら、伊勢屋の女中達が春着を買いに来た日に、そっと店の中を覗《のぞ》いた娘がいたじゃないか。あれが小春だよ」

「でも、幾ら男物の着物を着ていても、やっぱり娘さんにしか見えませんでしたけど」

「だから、頬被りしていたからわからなかったんだよ」

「娘さんが頬被り？」

おそめはそれでも納得できない様子だった。

喜十は小春が男物の着物を着るぐらいだから、頬被りもするだろうと思い、さして頓着《とんちゃく》しなかった。

銀助はすぐに蛇骨長屋の小春の塒《ねぐら》を訪ね、仔細《しさい》を訊《き》いた。小春は確かに新鳥越町で大八車を溝に落として、身動き取れないでいる男を見たと応《こた》えた。銀助は虎吉を助けたのが小春に間違いないと考え、そのまま小春を連れて材木町の伊勢屋へ向かったという。

伊勢屋の親方夫婦、長男夫婦、奉公人達は大喜びで出迎え、その夜、小春は伊勢屋に泊まることになったらしい。

翌日、喜十の家には酒の菰樽《こもだる》が届けられた。伊勢屋の親方からの礼だった。久しぶりにうまい酒が飲めると、喜十は上機嫌だった。

北町奉行所の隠密廻《おんみつまわ》り同心上遠野平蔵《かとのへいぞう》が日乃出屋を訪れたのは、その夜のことだった。

全く鼻の利く男である。

「今夜辺り、おいでになるのじゃないかと思っていたところですよ」

おそめは愛想よく上遠野を迎え、いそいそと湯豆腐の鍋《なべ》を火鉢に載《の》せた。喜十は見世を閉めた後で、湯豆腐を肴《さかな》に一杯やるつもりだった。おそめが豆腐屋から多めに豆腐を買っていたのは上遠野が訪れるのを予想していたからだろうか。女の勘は鋭いと、喜十は内心で思ったが、うまい酒を上遠野に飲まれるのが少し癪《しゃく》だった。

「お内儀《かみ》、いつも雑作《ぞうさ》を掛ける。やや、この見世には似つかわしくない菰樽の酒もある。これはどうしたことだ」

上遠野は床の間にうやうやしく飾っていた菰樽に眼を向けて嬉《うれ》しそうに言った。

「伊勢屋さんからいただいたものですよ。ちょいとうちの人が人捜しのお手伝いをしましたもので」

「人捜し？」

上遠野は怪訝《けげん》な顔になった。

「銀助親分から聞いておりやせんかい。伊勢屋の次男坊が怪我をして、それを助けた娘がいたんですよ。最初は男かおなごかわからなかったんですが、わっちにちょいと心当たりがあったもんで、大工の留さんを通じて親分に伝えたんですよ」

「あ、ああ、それなら聞いた。伊勢屋はその娘を下へも置かない様子でもてなしているそうだ。次男坊も娘がすっかり気に入ったらしい。もしかすると、近々祝言《しゅうげん》になりそうだと銀助は言っていた」

「こりゃまた、手回しが早い。親分は昨日、小春という娘を伊勢屋に連れて行ったばかりですよ」

あまりの急展開に、さすがの喜十も驚いた。

「男と女は縁《えん》のものだからな、縁があれば祝言もすぐに纏《まと》まる。縁がなければ流れるだけの話だ」

「それはそうですが。まあ、あの小春という娘は両親も死んで、一人で暮らしていたそうですから、伊勢屋の嫁になるのなら、これ以上のことはないと、わっちも思っておりますがねえ」

「伊勢屋の主が、どうして男物の着物を着ているのかと訊くと、てて親の着物を着ていれば、傍にてて親がいるような気がするからと娘は応えたそうだ。さあ、あのお人好《よ》しの主は胸にぐっと来て、泣きながら、いつでも遊びに来い、ここを手前ェの家だと思えと、言ったそうだ」

上遠野は鍋の具合を見ながらそう言った。

おそめが燗《かん》をつけた銚子《ちょうし》を運んで来ると、二人の酒宴が始まった。これほど喉越《のどご》しのよい酒も滅多にない。菰樽には「七《なな》ツ梅《うめ》」の銘柄が記されていた。下り酒である。上遠野も喜十もその夜は酒量を過ごし、上遠野は、また日乃出屋に泊まる仕儀《しぎ》となった。

四

それから二、三日して、伊勢屋のお内儀のおとくと、嫁に行った長女のおまつと一緒に、小春が日乃出屋を訪れた。どうやら、おとくは小春に娘らしい着物を与えてやる様子だった。

おまつは着物選びを手伝うつもりでついて来たのだろう。

「日乃出屋さん、小春ちゃんのことを知らせていただいて、本当にありがとう存じます。もうねえ、小春ちゃんはとってもいい娘だから、このまま虎吉の嫁になってくれたらと、あたしどもは考えているんですよ」

おとくは上ずった声で言った。二重顎《あご》で小太りだが、伊勢屋のお内儀としての貫禄《かんろく》があった。おまつは材木の仲買人《なかがいにん》をしている家に嫁いでいるので、恰好もそれなりに上等だった。

「こちらこそ、お気遣いいただいて恐縮しておりました」

喜十も畏《かしこ》まって返礼した。

「それでね、てて親の着物ばかりを着ているのも何んですから、ちょいと見せて貰《もら》いに参ったんですよ。贔屓《ひいき》の呉服屋へ行こうと思っていましたら、小春ちゃんたら日乃出屋にしてほしいと言ったんですよ。全く、古着でいいなんて、欲のない娘ですよ」

おとくは得意そうに言う。古手屋を下に見るようなおとくのもの言いが喜十の癇《かん》に障《さわ》ったが、喜十は笑顔を崩さず、へえへえと肯《うなず》いた。おまつはさっそく、眼についた品物を、これはどうか、あれはどうかと小春に訊く。小春は着物よりも、おまつやおとくに気を遣われるのを喜んでいる様子だった。結局、二枚の着物と二本の帯は、おまつが見立てたものになった。それは一度か二度、身につけただけの新品に近い品だった。全部で一朱（一両の十六分の一）で、銭に換算すれば二百五十文である。小春一人で伊勢屋の女中の五人分の掛かり以上になったが、おとくは嬉々《きき》として代金を払った。品物を風呂敷《ふろしき》に包んで渡すと、小春も嬉しそうに笑った。

「今日は、洗濯の仕事は休みを貰ったのかい」

何気なく訊くと、小春は「あたしの仕事をご存じだったんですか」と驚いた顔になった。

「ああ、桔梗屋《ききょうや》の茶酌女《ちゃくみむすめ》から聞いていたんでね」

「あたしの悪口をさんざん言っていたでしょう?」

「いや、男物の着物を着ていたのが珍しかっただけだよ」

喜十は取り繕うように応えた。

「うそ。あの人達、あたしをいつもばかにしていたのよ。いつか見返してやりたいと考えていた。お内儀さんに買っていただいた着物を着て、大威張りで見世の前を通ってやるんだ」

小春はその時だけ、強い口調で言った。

「そうだねえ、きっと、びっくりするよ。ああ、その時は頰被《ほおかぶ》りなんてするんじゃないよ。顔が隠れて、誰かわからないからね」

喜十は冗談交じりに言った。いやだ、日乃出屋さんたら、小春ちゃんが頰被りなんかする訳がありませんよ、とおとくが笑った。喜十はつかの間、言葉に窮した。だって、虎吉のことを知らせに行った時、小春ちゃんは頰被りをしていたんだろ?

だから男に間違われたんじゃないのかい？　喜十はそう言おうとしたが、小春が睨《にら》むような眼で喜十を見たので、その言葉を慌てて呑《の》み込んだ。おとくは小春が頰被りしていたことなど、すっかり忘れているようだ。

小春に対する疑念が湧《わ》き上がったのは、まさにその時だった。伊勢屋に虎吉の事故を知らせて来たのは、やはり店の者が言っていたように、頰被りした男だったのではないだろうか。そして、小春はそのことを隠しているようだ。それはなぜだろう。もしや、その男と小春の間には何か訳があり、小春がめでたく伊勢屋の人間になった暁には次の行動を起こすのではあるまいか。次の行動とは伊勢屋をゆするとか、小春の手引きで押し込みを働くとかだ。喜十は悪い想像ばかりが頭をよぎった。当分は留吉を通じて伊勢屋での小春の様子に注意を向けなければならないと思った。

買い物を済ませた三人は笑顔で日乃出屋を出て行った。喜十も外に出て見送ったが、半町ほど歩いた時、小春は何気なく振り返った。喜十の顔色を窺《うかが》っていたように見えたのは気のせいだろうか。喜十はやるせないため息をついた。

小春は毎日伊勢屋に通って虎吉の看病をしているらしい。その間、寿光院の洗濯はできないので、代わりに女中の一人がそれをしているという。全く伊勢屋の誰も彼もおめでたい連中ばかりだと喜十は内心、皮肉な気持ちだった。

留吉は仕事帰りに日乃出屋に立ち寄り、小春の話をして行く。喜十が小春の話題になると興味深そうな顔をするものだから、滑《すべ》ったの、転んだの、洟《はな》かんだのと、いらぬ話までする。そんなことはいい、と制したかったが、小春の情報を喜十に伝えてくれるのは、今のところ留吉だけだったので、黙って話を聞くよりほかはなかった。

「馬子にも衣装って言いやすが、小春もそれなりの恰好をすれば、この辺りの娘より、よほどきれえですぜ。あの着物と帯は旦那《だんな》の見世で買ったんでげしょう？」

「ああ」

「旦那も実入りがあってよかったじゃねェですか」

「まあな」

喜十は渋々応える。留吉の仕事現場は花川戸町《はなかわどちよう》になるそうで、行き帰りにさほど手間が掛からない。日乃出屋に立ち寄り、小半刻《こはんとき》ほど過ごして帰れば、女房がちょうど晩めしの用意をしてくれているという寸法である。

留吉は伊勢屋の印半纏《しるしばんてん》の上に、まだ綿入れを重ねていた。日中は温かいが、夕方になるとさすがに風が滲《し》みるので綿入れが手離せないらしい。喜十が外出する時は羽織に首巻きをするだけだが。

「小春は若よりも親方やお内儀さんになついておりますよ。若お内儀さんとも仲がいいし、頭のお嬢さんを手前ェの妹のように可愛《かわい》がっているんでさァ。おまけに女中達の受けもいい。小春が伊勢屋に入るのも時間の問題だろうと、おれは思っておりやすよ」

留吉は滔々《とうとう》と語る。

「それじゃ、留さんも小春が虎吉さんの嫁になるのは反対じゃないんだね」

喜十は上目遣いで訊く。

「おれだって、反対する理由はねェですよ。ただね、小春が本当に若に惚《ほ》れているのかな、と思うことはありやすが」

「どういうことだ」

「小春は若の看病を親身にしているんですが、それよりも伊勢屋の家族とわいわいやるのが嬉しいように見えるんですよ。若はおまけみてェなもんです。まあ、嫁入り先の舅《しゅうと》、姑《しゅうとめ》、小姑《こじゅうと》とうまくやるのが嫁にとっちゃ肝腎なことですけどね」

「もう、そういう話になっているのかい」

「お内儀さんと若お内儀さんは、ことあるごとに話をそっちへ持って行ってるようですが、小春は曖昧《あいまい》に笑うだけで、はっきり返事はしねェ。きっと照れているんですよ」

留吉は訳知り顔で応えた。小春が虎吉と一緒になりたいのか、そうでないのか、喜十にはわからなかった。

「旦那、何を心配してるんで？　小春が伊勢屋に入るのが不満なんですかい」

留吉は浮かない表情の喜十を見て続けた。

「不満じゃないが、どうも腑《ふ》に落ちないところがあってね」

「腑に落ちないとは？」

「伊勢屋に虎吉さんのことを知らせて来たのは本当に小春だったんだろうか」

「小春に決まっているじゃねェですか。銀助親分が小春に仔細を訊《たず》ねた時も、ちゃんと覚えていたし……」

「実際に助けたんだろうかね。大の男を溝から引きずり出すってのも力がいるよ。小春にそれができたのかねえ」

「できたんでしょうよ」

留吉は意に介するふうもなかった。銀助にも一度、話を訊《き》く必要があるのではないかと、喜十は思った。

留吉が帰ると、喜十はおそめに声を掛けて外へ出た。

五

銀助が詰めている自身番は浅草広小路を抜けた田原町三丁目の角にあり、通りを挟んだ向かいには大小の寺が並んでいる。その通りから西は、げっぷが出そうなほど寺ばかりである。

喜十が自身番の油障子を開けると、銀助は手あぶりの火鉢の前で退屈そうに煙管《きせる》を吹かしていた。銀助もまだ綿入れを羽織っていた。

「どうした風の吹き回しでェ。古手屋がのこのこ現れるなんざ。見世は仕舞いにしたのけェ？」

「いいや、まだですよ。わっちの見世が四つ（午後十時頃）までやっているのは親分も承知しているじゃないですか」

「それもそうだが……」

「蛇骨長屋の小春という娘のことで、ちょいと親分に話を訊いてみたくなりましてね」

「小春を見つけたのはお前ェさんだ。どうでェ、伊勢屋から幾ら礼金を貰った」

銀助は、さもしいことを言う。

「銭なんて貰っていませんよ。まあ、酒をいただきましたがね、上遠野の旦那と一緒に、とっくに飲んでしまいましたよ」

「おれには何もなかった」

銀助は恨めしそうに言った。界隈《かいわい》を縄張にする土地の御用聞きだから、見廻りをすれば、商家は心づけのお捻《ひね》りを渡しているはずだ。

材木町の伊勢屋だってそうだろう。それは何かの時に力になって貰いたいからだ。小春を伊勢屋に連れて行ったからと言って、わざわざ別に礼をする必要はないだろう。だが、銀助は不満そうだった。銭勘定を第一に考える男で、それには喜十も日頃から苦々しい思いを抱いていた。

「酒を飲む時、親分をお誘いすればよかったですね。いや、気が利《き》かないことでご無礼しました」

喜十はおざなりに応《こた》えた。ま、いいけどよ、銀助は吐息交じりに言うと「訊きてェことって何よ」と喜十に向き直った。

喜十は履物を脱いで座敷に上がり、お邪魔致しますと頭を下げた。

「蛇骨長屋に行って、親分は虎吉さんのことを小春に訊いたんでげしょう？　その時、親分はどんなふうにおっしゃったんですか」

「伊勢屋の倅《せがれ》が大八を引っ繰り返して往生していたが、そのことは知っているかと訊いたよ」

「それで小春は何んと応えたんです？」

「呻《うめ》き声を上げていたんで、大丈夫かと訊いたら、大丈夫じゃねェと虎吉が応えたってよ」

「なるほど」

「それで小春は手を貸して溝から引き上げてやったが、虎吉は足を傷《いた》めていた様子で歩けなかったそうだ。それで小春は誰か呼んで来るから家を教えろと言って、虎吉は手前ェの居所を小春に告げたのよ。小春は伊勢屋に告げると、寺に戻ったと言ったよ」

「小春はその時、一人だったんですか」

「何よ、何が言いてェ」

銀助は怒ったような顔で喜十を見た。

「小春が聖天町の寿光院で洗濯の仕事をしていたのは知っておりましたが、虎吉さんに気づいた時はどこかに行った帰りだったんでしょうかね。虎吉さんが溝に嵌《は》まった場所は新鳥越町の近くみたいですから」

「ああ、それはな、寿光院の檀家《だんか》の家に用事を頼まれて出かけ、そこの婆《ばあ》さんと話し込んでいる内にすっかり遅くなったらしい」

「しかし、帰りはとっぷり暮れていたのに、一人で歩いていたんですか。娘の一人歩きですよ、危ないじゃないですか」

「提灯《ちょうちん》は持っていたそうだ」

「それにしたって」

喜十は納得できなかった。

「小春はふた親も、きょうでェもいねェ天涯孤独の身の上だ。色んなことを一人で片づけなきゃならなかったんだ。夜道の一人歩きが怖いだの、どうのと言っていられねェのよ。小春は下心があって虎吉を助けた訳じゃねェと思うぜ。日乃出屋、何を心配している」

「いえ、親分に疑いの点がなければ、それでいいんですよ。ちょいと確かめたかっただけですので」

喜十はそう言って辞儀をすると自身番を後にした。

真っ暗な夜道を怖がらない娘か……胸で呟《つぶや》いて喜十は空を見上げた。満天の星は金剛石のように瞬《またた》いていた。江戸の星空もきれいなもんだ。小春もあの夜は星空を眺めながら帰ったのかも知れない。すると、小春にとって、夜道もそう怖いものではなかったのだと思えてくる。

よし、小春のことはもう忘れよう。無事に虎吉と祝言を挙げる時には、おそめと一緒に祝儀を届けてやろうと喜十は思った。僅《わず》かな気懸かりは、もう消えていた。

ところが、一月も終わり、二月に入って間もなく、小春が血相を変えて日乃出屋にやって来た。ちょうど朝の五つ半（午前九時頃）辺りで、喜十は朝めしを済ませて、ほっとひと息ついていたところだった。

「旦那、後生だ。匿《かくま》っておくれ」

小春は早口で言うと縋《すが》るような眼を喜十へ向けた。

「どうしたんだい」

喜十は驚いて小春に訊いた。小春はすぐに応えず、外の様子を窺ってから勝手に店座敷へ上がった。おそめは台所で後片づけをしていたが、小春の声に気づいて間仕切《まじき》りの暖簾《のれん》を引き上げ、そっとこちらを覗《のぞ》いていた。

「ばれちまった……ああ、いつかはこうなると思っていたけど、とうとうその日がやって来ちまった。もう、伊勢屋には戻れない」

小春は火鉢の縁に両肘《ひじ》を突いて頭を抱えた。

「ばれちまったって、何がばれたんだい」

喜十は静かな声で訊いた。小春は、きッと顔を上げ「旦那は最初からあたしが若を助けたんじゃないって知っていたんだろ？」と、開き直ったように言った。

「そんなこたァ、知らないよ。銀助親分に虎吉さんのことを訊かれて、小春ちゃんは、あい、助けましたと応えたんだろ？　だから親分は小春ちゃんを伊勢屋に連れて行ったんじゃないか。違っていたなら、そうじゃないと言えばよかったんだよ」

「あたし、助けたなんて言っていない。ちょうど若が溝に嵌まっているところに通り掛かっただけだよ。あたしが伊勢屋に行ったのは、その時の事情を話せばいいのだなと思ったからだよ。それに、若がその後どうなったか、少し心配していたからね。ところが、伊勢屋に着くなり、親方もお内儀《かみ》さんも、よく助けてくれた、あんたは虎吉の恩人だと涙をこぼして頭を下げたから、そうじゃないと言う隙《すき》もなかったのさ」

小春はそう言って、ため息をついた。

「お茶を一杯飲んで落ち着いて」

おそめが茶を運んで来た。ありがと、お内儀さん、小春はその時だけ少し笑った。

「そいじゃ、虎吉さんを助けたのは誰なんだ」

喜十は肝腎な話を急《せ》かした。

「ともだよ」

「とも？」

「寿光院の檀家の息子さ。友吉《ともきち》って言うのさ。でも、皆んなは、ともと呼んでいるんだよ。あたしは御前様《ごぜん》（住職のこと）から頼まれた物を届けにその家に行ったんだよ。小さなお軸《じく》みたいなものさ。ご先祖様の中で、赤ん坊の頃に亡《な》くなった人がいたそうで、位牌《いはい》もなかったから、その家のお婆《ばあ》ちゃんが供養《くよう》のために御前様に何か頼んでいたらしい。あたしがその家に行くと、お婆ちゃんは大層喜んで、お茶やお菓子を出してくれたんだ。お婆ちゃんと話し込んでいる内に遅くなったから、ともがお寺まで送ってくれたのさ」

「ともというのは幾つになる」

「十五。引っ込み思案で無口な子なんだよ。でも、知恵はちゃんと回るよ。あたしの言うこともよく聞いてくれるんだ。若を溝から引き上げても歩けないようだったから、伊勢屋に知らせておくれと、ともに頼んだんだ。ともは快く引き受けてくれたのさ。あたしはそのままお寺に戻った。それから家に帰る時、伊勢屋の男衆《おとこし》らしいのが五、六人、通りを走って行ったから、ああ、ともはちゃんと知らせてくれたんだなと安心したんだよ」

「そのともが頰被《ほおかぶ》りをしていたんだな」

「そう……旦那があたしに、春着を着て頰被りなんてするんじゃないよと言った時は、胸が潰《つぶ》れそうな心地がしたものさ。旦那はあたしを疑っていると思った」

「その通り、変だなとは思ったよ。わっちが心配していたのは、小春ちゃんが虎吉さんの嫁になった時、陰についている者がゆすりを掛けるとか、あるいは小春ちゃんの手引きで押し込みが起こるのじゃなかろうかと思っていたからだよ」

「そんな……」

小春の眼に膨《ふく》れ上がるような涙が湧《わ》いた。あたしがそんな悪《わる》に見えたのかえ、と悔しそうに咽《むせ》んだ。

「あんまりですよ、お前さん」

おそめは喜十を詰った。

「ごめんよ。わっちは物事を悪く考える癖があるもんで、つい、そのう……」

「わかってるよ。あたしは親もきょうだいもいない。みなしごだの、洗濯婆ァだのと悪口を言われていた女だ。だけど、あたしは悪いことなんてただの一度もしたことはないんだ。いつか、こんなあたしでも倖《しあわ》せになれると信じて生きて来たんだ。世間様は何かドジを踏めば、ああ、やっぱりと思うんだね。いっそあたしがゆすりや押し込みを働いたほうが旦那《だんな》は嬉《うれ》しいんだろう」

「嬉しい訳がないよ。ただ、心配していただけさ」

喜十は慌《あわ》てて言ったが小春は納得したふうもなかった。

「ねえ、小春ちゃん。虎吉さんを助けたのが小春ちゃんじゃないって、どうしてわかったの？」

おそめが不思議そうに訊いた。

「あたしは女中さん達にお寺の洗濯を任せていたから、姿が見えないのをともは心配していたんだよ。あたしが伊勢屋で若の看病をしていると女中さんがともに教えたら、背負い籠《かご》に大根を入れて、店にやって来たんだよ。その時、男衆の一人が、若の急を告げに来たのがあたしじゃなくてともだと気づいたのさ。それでお店は大騒ぎさ。今まで親切だった女中さん達も眼を吊《つ》り上げて、このうそつき、女狐《めぎつね》と怒鳴ったよ。あたしはいたたまれずにお店を飛び出したんだ。蛇骨長屋に戻ってもすぐに見つけられると思って、ここに来たんだよ。他に行く所がなかったから」

小春はそう言って洟《はな》を啜《すす》り上げた。

「でも、ここにいつまでも隠れている訳には行かないのよ」

おそめは小春を諭《さと》した。わかってる、と小春は低い声で応えた。

「伊勢屋さんにお詫《わ》びをしたほうがいいと思うけど」

「……………」

小春が返事をしないのはそうしたくないからだろう。無理もない。どの面下《つら》げて詫びを言えばよいのだろうと小春は思っていたはずだ。

だが、おそめはさばさばした表情で「深く考えることはないのよ。買って貰《もら》った着物と帯を返して、小春ちゃんはお父っつぁんの着物を着て、また寿光院で洗濯の仕事をすればいいのよ。ちゃんとね、自分の気持ちを伝えて、皆さんに親切にされてありがたかったとお礼を言えば済む話よ。悪事を働いた訳でもあるまいし、それでも文句を言うなら、あたしも黙っていない！」と、声を荒らげた。荒らげたと言っても、おそめの声は小さいから、さっぱり迫力がなかった。

「一人じゃ、とても行けない……」

小春は俯《うつむ》いた。

「お前さん、ついてって」

おそめはすぐに言った。

「わ、わっちが？」

「お前さんが、そのうまい口でとりなしてやってよ」

「うまい口って……」

客に対するお世辞やお愛想は商売人なら誰でも遣うものだ。それをうまい口と言われたら喜十の立つ瀬も浮かぶ瀬もない。

「いいから、一緒に行って。このままじゃ小春ちゃんが可哀想《かわいそう》よ。お前さんが柔らかく話をすれば、向こうさんだってわかってくれますよ」

「そうかな」

「そうですよ。乱暴なことをする人もいるかも知れないから、お前さんが傍にいれば小春ちゃんも安心しますよ」

「旦那、お世話になります」

小春は決心を固めたように頭を下げた。

六

喜十も小春も、これからの展開を考えると気が重かった。材木町の伊勢屋まで、ほとんど二人は話をしなかった。

伊勢屋の土間口《どまぐち》前に立った時、ちょうど留吉が細い桟《さん》を荒縄で縛っている姿が見えた。

「おィ、旦那、どうしたい」

留吉は気軽な声を掛けた。

「留さん、親方とお内儀さんに、ちょいと取り次いでおくれよ」

そう言うと、小春は喜十の後ろに身を寄せ、喜十の羽織の袖《そで》をきつく摑《つか》んだ。その手がぶるぶると震えているのがわかった。怖いんだなと思った。

「大丈夫だよ、小春ちゃん」

喜十は振り返って声を掛けた。だが、女中の一人が小春に気づくと「うそつきが性《しょう》懲《こ》りもなくやって来たよ」と大声を上げた。

「旦那、いってェこれはどうしたことだ」

留吉は事情を知らなかったらしい。怪訝《けげん》な顔で喜十に訊く。

「話は後だ」

喜十は留吉を制した。やがて内所から親方の卯三郎とお内儀のおとくが苦々しい表情で出て来た。

「日乃出屋さん、あたしどもはその娘に何も話すことなんてありませんよ。悪いがお引き取り願えませんか」

おとくは硬い声を出した。

「お内儀さんのお怒りはごもっともです。でも、小春ちゃんはお詫びをしたいと言っておりますので、お節介ではありますが、手前が一緒に参った次第で」

「よくもよくもあたしらを騙《だま》してくれたものだ。え、小春、どういう了簡《りょうけん》で伊勢屋に今までいたんだえ」

おとくは激昂《げっこう》した声を上げた。申し訳ありません、と小春は蚊の鳴くような声で謝った。

「恐ろしい娘だ。このまま虎吉の嫁になっていたら、この伊勢屋はどうなっていたかわからないよ。すんでのところで小春の魂胆《こんたん》に気づいて命拾いしたというものだ」

おとくは憎々しげに吐き捨てた。

「お内儀さん、お言葉ですが小春の魂胆って何んですか」

喜十はさすがに肝が焼けておとくに口を返した。

「そりゃあ、首尾よく伊勢屋に入り込み、この店を乗っ取る考えだったんだろう」

「小春がですか？　それはちょいと大袈裟《おおげさ》だ。伊勢屋さんを乗っ取って、それでどうしようとおっしゃるんですか」

「後ろにヒモがいるんだ。きっとそうに違いない」

「あたし、ヒモなんていません！　誤解です」

小春は声を励まして叫んだ。

「何が誤解だ。誤解されるようなことをお前はしたんじゃないか。虎吉を助けた訳でもないのに、助けた振りをしてさ、いけ図々《ずうずう》しいにもほどがある」

いや、これには色々と訳がありまして、と喜十が言っても、おとくは聞く耳なんてないという態《てい》だった。とり敢《あ》えず、小春に頭を下げさせ、すぐに暇乞《いとまご》いをしようと喜十は思った。

「さ、小春ちゃん。ちゃんと親方とお内儀さんに謝って」

喜十は後ろにいた小春を前に促した。小春はうそをついてごめんなさいと小さな声で謝った。おとくは返事をせず、そっぽを向いた。

卯三郎は短い吐息をついてから「まあ、小春も虎吉の看病をよくしてくれたから、おれァ、ありがてェと思っているわな」と鷹揚《おうよう》に応《こた》えた。

「何を言ってるのさ。人のよい」

おとくは小意地悪く口を挟んだ。卯三郎はそんなおとくを目顔で制した。

「いってェどういう訳で小春が虎吉を助けたことになったんだろうな。そこが、おれァ得心が行かねェんだが」

「最初から親方やお内儀さんを騙すつもりはなかったんですよ。小春ちゃんは確かにあの夜、虎吉さんが溝に嵌《は》まっているところに出くわした。小春ちゃんは檀家《だんか》の倅《せがれ》に送られて寺に戻る途中だったんですよ。虎吉さんを溝から引き上げてやれと、その倅に言ったのは小春ちゃんだし、その後で伊勢屋さんに知らせろと言ったのも小春ちゃんだ。直接手を出していなくても、そいつも助けた内に入りやせんかい」

喜十は上目遣いに卯三郎とおとくを見ながら言った。

「だな」

卯三郎は低く相槌《あいづち》を打った。

「だけど、まるで自分が助けたような顔をしたのは、どういう訳なんだい。小春は手柄を一人占めするつもりだったからじゃないか」

おとくは承服できずに言う。

「そうじゃねェんですよ。小春ちゃんだって、虎吉さんがその後どうなったか心配していたんで、その時の事情を話してやろうと、銀助親分に連れられて伊勢屋さんにやって来たんですよ。ところが小春ちゃんを見た途端、この店の誰も彼もが虎吉さんの恩人だてんで、下へも置かない様子で小春ちゃんをもてなしたそうじゃないですか。え？　そうじゃないですか。小春ちゃんは皆んなに恩人扱いされて、今さら通り掛かっただけとは、とても言い出せなかったんですよ。親方、お内儀さん、そこんところを酌《く》んでやって下さいませんかい」

喜十は一生懸命小春を弁護した。おとくの勢いも心なしか弱まっている。卯三郎は、ああ、わかるぜ、と肯《うなず》いた。すると小春はありがとう、親方、と泣き笑いの顔で礼を述べた。

「あたし、お父っつぁんが死んじまって一人になってから、ずっと気を張って暮らして来たんです。寂しくても悲しくても何くそと、自分で自分を励ましていたんです。でもね、伊勢屋さんに連れて来られた途端、皆んなあたしに優しくしてくれた。若お内儀さんは髪をきれいに結ってくれたし、女中さん達はこっそり焼き芋を分けてくれた。小春ちゃんは可愛《かわい》いし、いい娘だって……あたし、しばらくそんなふうにされたことがなかったから、嬉しくて嬉しくて、まるで夢を見ているようだった。ずっとこの夢を見ていたいと思ったよ。毎日皆んなで食べるごはんもおいしかった。皆んなで食べるからおいしかったんだよ。でも、夢は、いつかは覚めるもの。とうとう、今日がその日になったという訳さ。伊勢屋さんを恨んじゃいないよ。この着物と帯はお返しします。あたしはまた、お父っつぁんの着物を着て、寿光院の洗濯をするよ。日乃出屋のお内儀さんがそうしろと言ったからね。本当にどうもありがとう。皆んな、あたしを許して下さい」

小春はそう言って深々と頭を下げた。伊勢屋の土間はつかの間、しんと静まった。

喜十は何んだか感動していた。

「謝るこたァ、ねえ」

突然、奥から声が聞こえた。その場にいた者が声のしたほうを向いた時、虎吉が足を少し引きずりながら出て来た。

「小春、お前ェはこの家が好きなんだな」

虎吉は確かめるように訊《き》いた。小春はこくりと肯いた。

「ずっとこの家で住めるなら倖せか」

小春は言葉に窮して何も応えなかった。

「小春はおれの看病をよくしてくれた。小春があの夜、あそこを通り掛からなかったら、おれァ、朝まで動けなかった。おれは心底ありがてェと思っているよ。それでいいじゃねェか。それ以上、小春を責める理由はひとつもありゃしねェ。小春さえ承知してくれたら、おれはお前ェを女房にしてェ。どうだ？」

虎吉が続けると、小春は喜十の胸に顔を埋めてかぶりを振った。駄目よ、あたしなんて、という声も聞こえた。

「虎吉さんの女房になるのがいやなのかい」

喜十は小春の背中を宥《なだ》めるように、ぽんぽん叩《たた》きながら訊いた。

「そういうことじゃないの、そういうことじゃ」

小春が苛立《いらだ》った声を上げた。

「そういうことじゃなきゃ、どういうことなんだ！」

虎吉は業《ごう》を煮やし、裸足のままで土間に下りて、小春の腕を邪険に引っ張った。小春は顔を歪《ゆが》めて「堪忍《かんにん》して、若」と腰を引くような恰好《かっこう》で謝った。

「それはあれか、おれと一緒になるのが不承知ってことけェ？　それならはっきり言っつくんな」

まあまあ、と中に割って入ろうとした喜十を虎吉はどんと突き飛ばした。喜十はよろめき、危うく尻餅《しりもち》をつきそうになったところを留吉が受け止めてくれた。

「おっと危ねェ。大丈夫か、旦那《だんな》」

「何んだよ、全く。足をくじいたなんざ、うそだろう。とんでもない力だ」

喜十はぶつぶつと文句を言った。虎吉はそんな喜十に構わず、小春を問い詰める。

小春は虎吉の勢いに後ずさりして、とうとう壁際《かべぎわ》に背中を押しつけられて身動きできなくなった。そこへ外から丑松が戻って来た。土間の修羅場に気づくと、ものも言わず虎吉の頰を張った。

「みっともねェ。一町先まで騒ぎ声が聞こえていらァな」

「だけど、あんちゃん。おれはどうにも得心が行かねェのよ。小春がおれの看病をしてくれたのは、いいってェ、どういうつもりなんだか……」

虎吉はさっきの勢いはどこへやら、子供のように涙声で丑松に訴えた。縞《しま》の袷《あわせ》に伊勢屋の半纏《はんてん》を羽織った丑松は六尺近い大男である。浅黒い顔に濃い眉《まゆ》、ぎょろりとした大きな眼、がっちりした鼻と、ついでに口も大きい。押し出しのよい面構《つらがま》えである。それに比べ、虎吉は父親譲りなのか、ちんまりした顔をしている。とてもきょうだいには見えない。

「ばかやろう。んなこともわからねェのか。小春がお前ェをいやなら、毎日この家に通って看病なんてするけェ」

「だけど、おれと一緒になるかと訊いても、うんと言わねェんだよ」

虎吉がそう言うと、丑松は、チッと舌打ちした。

「小春、この家のもんは、皆、早とちりの性分でよう、お前ェがこの家にやって来た時は、ろくに事情も聞かずに虎吉の恩人にしてしまった。むろん、恩人は恩人だ。手を出していようが、いまいが、虎吉を助けたのはお前ェだ。うそつきなんかじゃねェのよ。虎吉と出会ったのは縁があったからだとおれァ、思う。その縁を大事にするのがお前ェのためだぜ。もちろん虎吉がどうしてもいやだと言うなら、おれも強く引き留めねェよ。お前ェはまた寿光院の洗濯をするだけよ。だが、どっちがいいか、利口なお前ェならわかるはずだ。この家のもんに文句は言わせねェ。それはおれが約束する。どうだ、小春、虎吉と一緒になってくれねェか。この通りだ」

丑松は深々と頭を下げた。小春は何も言えず泣きじゃくるばかりだった。丑松は虎吉に、ひょいと顎《あご》をしゃくった。虎吉はこくりと肯き、小春の肩に手を掛けた。いいんだな、と訊く。小春は顔を上げて虎吉をじっと見た。そして小さく肯いた。その場に居合わせた者は一斉に安堵《あんど》の吐息をついた。

上遠野は喜十から小春と虎吉の話を聞くと、腋《わき》の下をくすぐられたような笑い声を立てた。若い者はいいなあ、なんてことまで言う。

小春の問題が一段落して三日ほど経《た》った夜、上遠野は喜十の見世にやって来た。喜十はさっそく中に招じ入れ、伊勢屋の経緯《いきさつ》をあれこれと話したのだ。店座敷の火鉢に載せた鉄瓶で酒の燗《かん》をつけ、あさりの剝《む》き身の佃煮《つくだに》とかぶの漬物で二人は酒を飲んだ。おそめは傍に座って時々、上遠野に酌をした。

「それで伊勢屋のお内儀《かみ》と女中達も了簡したのか」

上遠野はふと心配そうな顔になって訊く。

「頭は伊勢屋の跡取りだ。頭の言葉に誰も逆らえやせんって。それにしても頭は大した貫禄《かんろく》でしたよ。あれなら当分、伊勢屋も安泰だ」

喜十は笑顔で応えた。

「これであの娘もてて親の着物を着て洗濯に行かなくて済むな」

「さいです。ただ、寺は代わりの洗濯屋を見つけなければならないので、小春ちゃんのおめでたい話は別にして困っているようです。まあ、見つかるまで当分は伊勢屋の女中が手伝うようですが」

「そんなことは放っておけ。おや、お内儀、数珠《じゅず》など持って弔《とむら》いにでも行くのか」

上遠野は数珠を手にしているおそめに訊いた。

「ああ、これですか。小春ちゃんにいただいたんですよ。お父っつぁんが拵《こしら》えた数珠だそうです。あたしのは水晶でできているんです。とてもしっかりしていて、少々、振り回しても大丈夫なんですよ。うちの人のは菩提樹《ぼだいじゅ》で拵えたものだとか。細かい細工がそりゃあ見事で」

おそめは手許《てもと》の数珠をしみじみ眺めながら言った。

「てて親の形見を二人に進呈したのか。見込まれたものだの、喜十」

上遠野の口ぶりに羨望《せんぼう》の色が感じられた。

「小春ちゃんはわっちをてて親のように思っているんですよ」

喜十はわざと得意そうに言った。

「まあな、お前ェが若気の至りで子供を拵えていれば、あのぐらいの年頃の娘がいたかも知れぬ。しかし、そうなるとお内儀は幾つで子を産んだ計算になるかの」

上遠野は悪戯《いたずら》っぽい顔で訊く。

「あたしはうちの人より十も年下ですから、八つか九つ……あら、いやだ」

おそめは真面目《まじめ》に考えて眉をひそめた。

「旦那は冗談をおっしゃっただけだ。まともに取ることはないよ」

喜十は慌《あわ》てておそめをいなした。

「小春ちゃんと虎吉さんが祝言《しゅうげん》を挙げたら、早ければ来年か再来年にはお子さんが生まれるのね。あたしはいつまで経ってもこのままかしら。ああ、いやになる」

おそめはそう言って水晶の数珠を揉《も》んだ。

ちゃらり、ちゃらり。数珠は乾いた音を立てる。喜十は何も言えない。上遠野も何も言わない。

春の夜は静かに更《ふ》ける。もうすぐ四つ。日乃出屋は暖簾《のれん》を下ろす時刻だ。

「旦那、お泊まり下さいやし」

喜十は縋《すが》るように言った。こんな夜は、おそめと二人っきりになるのはたまらない。

上遠野は喜十の気持ちを酌《く》んだように「うむ」と応えた。

糸桜

一

江戸は梅が終わり、そろそろ桜の蕾《つぼみ》も膨《ふく》らもうという季節になった。日中はぽかぽかした陽気が続いている。田原町二丁目の通りには餌《えさ》を探している鳩《はと》の姿がやけに眼につく。

向かいの家の年寄りが鳩を見掛けると煎餅《せんべい》の欠片《かけら》なんぞをやるので、それに味を占めた鳩が浅草寺からわざわざやって来るのだ。浅草寺の境内にはいつも鳩が群れている。鳩の餌を売る見世もあるので、子供連れの参詣客《さんけいきゃく》は、子供を喜ばせようと餌を買ってばら撒《ま》いている。そのせいで鳩の数は年々増える一方だ。数が増えれば餌の分け前も少なくなる。それで田原町まで出張《でば》って来るのだ。今に浅草広小路一帯は鳩に占領されてしまうだろうと、古手屋「日乃出屋」の主の喜十《きじゅう》は苦々しい思いを抱いていた。

だいたい、鳩はすっかり人に狎《な》れてしまい、近づいても逃げようとしない。それが癪《しゃく》に障《さわ》る。下駄で蹴《け》っ飛ばそうとした時だけ慌《あわ》てて飛び上がるのだ。近所の野良猫《のらねこ》も呑気《のんき》な鳩を捕まえようと身構えているが、うまく行ったためしはない。鳩は危険の度合を心得ているらしい。まあ、動物なら当たり前のことだが。

喜十は鳩だけでなく、犬も猫も好きになれない。女房のおそめは猫を飼いたがっているようだが、喜十は、口のついたものは厄介だと言って承知しなかった。

その朝、喜十は猫の声がやかましく、いつもより半刻《はんとき》（約一時間）も早く眼が覚めた。

猫も恋の季節を迎え、お目当ての相手を甘い声で誘う。普段は小ずるい表情をしている野良猫から赤ん坊の甘え泣きに似たような声が出るのが、喜十には不思議だった。外はまだ暗い。おそめも、くうくうと寝息を立てている。喜十は眼が覚めると蒲団《ふとん》の中でじっとしているのがいやな性分である。起き上がって着替えを済ませると、階下《した》に行き、台所の外にある井戸で歯を磨き、顔を洗った。その間にも猫の鳴き声は止《や》まなかった。

猫のお産は年に二回もあるそうだ。何んだって猫の分際であぁも簡単に仔《こ》を産むのか。少しはこっちに回してほしいと、喜十は思う。

おそめと一緒になって七年目になるのに、さっぱり子ができる気配はなかった。この頃は、自分に子胤《こだね》がないのではと、つい考えてしまう。それをおそめに言ったことはなかったが。

おそめはまだ起きる様子がない。竈《かまど》には、昨夜水加減した米の釜《かま》が載せられている。横の鍋《なべ》も水が張られ、煮干しが五本泳いでいた。

喜十は火打ち石で附《つ》け木《ぎ》に火を点《つ》け、竈に放り込んだ。附け木はすぐに暖かい火の色を見せ始めた。それから傍《そば》にある薪《まき》も三本足した。

おそめはきっと大喜びするだろう。そう思うと、にやっと笑みもこぼれた。めしが炊《た》ける間に見世の前を掃除して暖簾《のれん》を掛けようと店座敷へ向かうと、猫の鳴き声はひと際《きわ》高くなった。朝っぱらから何んだと喜十は腹が立ったが、ふと、その鳴き声が猫のものではないような気もしてきた。

喜十は油障子《あぶらしょうじ》を開け、大戸《おおど》に取りつけた通用口から外へ出た。夜明け前の空に星が瞬《またた》いている。通りの商家の軒行灯《のきあんどん》がちらちらと心細げに光っていた。だが、喜十は足許《あしもと》に視線を向けた途端、ぎょっとなった。

猫ではなかった。見世の外に出している床几《しょうぎ》の横に赤ん坊が置き去りにされていたのだ。

ぼろのようなおくるみの中の赤ん坊は全身を震わせて泣いていた。すぐ傍に醤油《しょうゆ》で煮しめたような風呂敷《ふろしき》包みも置いてあった。

喜十は慌てて赤ん坊を抱き上げ、中へ入ると「おそめ、おそめ」と大声で二階にいるおそめを呼んだ。赤ん坊は喜十の声に驚き、さらに泣き声を高くした。まるで癇《かん》癪《しゃく》を起こしたような激しい泣き方だった。

おそめは寝間着の上に半纏《はんてん》を羽織って降りて来た。赤ん坊を抱えた喜十に驚き、しばらく言葉に窮した様子だった。それに構わず、喜十はすぐに赤ん坊を、ほいっという感じでおそめに渡した。

「うちの見世の前に捨て子しやがって」

喜十はいまいましそうに吐き捨てた。

「ああ、驚いた。あたしはまた、お前さんの子かと思った」

おそめはそんなことを言う。

「冗談じゃない。わっちがよそへ子供を作る暇なんてあるものか」

「それもそうですよね。でも、どうしましょう。この子、お腹《なか》が空《す》いているのかしら。それともおむつが濡《ぬ》れているのかしら」

おそめは赤ん坊を揺すりながら独り言のように言った。

「夜が明けたら、銀助《ぎんすけ》親分の自身番に行って来るよ。これはあれだな。顔見知りの者の仕業に違いない。わっちの所に赤ん坊がいないんで、きっと粗末にしないだろうと捨てて行ったんだ」

銀助とは浅草広小路界隈《かいわい》を縄張《なわばり》にする岡っ引きのことである。

「顔見知りって誰？　赤ん坊のいる人に心当たりでもあるんですか」

おそめは疑わしい目つきで訊く。

「それはそのう……調べりゃわかるさ」

「おむつを替えてあげたいけど、あいにく、そんな物はうちにないし」

おそめは困った顔で泣きやまない赤ん坊を揺すっていた。

「確か風呂敷包みもあったはずだ。きっとそれにおむつが入っているんだろう」

「早く取って来て。あ、その前に行灯を点けて下さいな。暗くて手許がよく見えない」

「わかった」

喜十は茶の間の行灯を点けると、見世の外の風呂敷包みを取って来て、おそめに渡そうとした。

「あたし、手が塞《ふさ》がっているのよ。早く風呂敷を解いて。あ、座蒲団もそこに出して」

おそめはてきぱきと喜十に指図した。その間にめしの釜は噴《ふ》き上がるし、鍋の蓋《ふた》も沸騰《ふっとう》してかたかた鳴った。全くその朝は忙しい目に遭《あ》わされた。

夜が明けると、おそめは赤ん坊を抱えて、裏の大工の留吉《とめきち》の家に向かった。腹が減っているようだが、子供を育てたことのないおそめは何を食べさせてよいのかわからなかった。それで留吉の女房のおたかに知恵を借りに行ったのだ。

おそめは出て行ったきり、なかなか戻って来なかった。喜十はいらいらしていた。

おそめが戻って来たら、銀助の詰めている自身番に行き、捨て子の届けを出すつもりだったのだ。届けが遅れると、それだけ赤ん坊の親の足取りも摑《つか》み難くなる。

火鉢の縁《ふち》を爪《つめ》で叩《たた》きながら待っていると、渡りに船とばかり、その銀助が現れた。

「どうでェ、日乃出屋。何か変わったことはねェか」

呑気な口調で訊く。銀助は陽気がいいので界隈を見廻りするつもりになったのだろう。

「おおありですよ、親分。わっちはこれから自身番に伺おうとしていたところですよ」

「何があった」

途端に銀助は色めき立った。

「うちの見世の前に赤ん坊が捨てられていたんですよ。恐らく、人目を避けて夜中に捨てて行ったんでしょう」

銀助は、何んだそんなことか、とは言わなかったが、つまらなそうに舌打ちした。

「早く親を捜して下さいよ。朝から大騒ぎで、わっちは生きた心地もありませんよ」

「なに大束《おおたば》なことをほざいている。餓鬼を育てるとなったら、毎日が大騒ぎよ。まあ、お前《め》ェには今までそういうこともなかったから、たまにはいいだろう」

ふざけたことを言われて、喜十はまた腹が立ったが、赤ん坊の親捜しを頼めるのは銀助ぐらいなので、ぐっと堪《こら》え「そんなことを言わずに力になって下さい。お願いしますよ」と切羽詰まった声で縋《すが》った。渋い表情の銀助に喜十は懐《ふところ》から四文銭を五つばかり出し、そっと握らせた。銀助はそれを当たり前のような顔で受け取り、袖《そで》に落とし込んだ。

「まあ、心当たりを探ってみるわな。しかし、親が見つかるまで赤ん坊は預かってくんな。自身番に置く訳にも行かねェし、うちの奴《やつ》はちょいと具合を悪くしているんで、とても赤ん坊の世話なんざできねェからよ。それで赤ん坊は男か？　それとも女か？」

「男の子ですよ」

「男かあ……男の餓鬼は世話が掛かるぜ。夜も素直に寝てくれねェし。ま、お内儀《かみ》さんもいることだし、さほど心配はいらねェだろう」

他人事のように言って、銀助は出て行った。

喜十は一人になると、思わずため息をついた。幾ら子供をほしがっていたからと言って、こんな急にやって来ても困る。心の準備がいるというものだ。どうしても育てられないから、どうぞお宅の倅《せがれ》にしてやっておくんなさいと頭を下げられたら、おそめと相談して養子にすることを考えたかも知れない。だが、赤ん坊の事情も名前すらわからない。こんな時、せめて詫《わ》び状のひとつも添えるものではないだろうか。そう考えると、ふと喜十はおむつと着替えの入った風呂敷包みを改める気になった。

醤油で煮しめたような風呂敷の中には、ぼろのようなおむつと、ほつれのある下着が入っていたが、一番下に書きつけのようなものが畳まれているのを見逃していたようだ。

「わけあって、すてきちをおいてゆきます。よろしくおねがいします」

浅草紙に下手くそな字でしたためてあった。

捨吉を捨てて行くってか？　喜十はつまらない冗談を呟《つぶや》いて苦笑した。

二

おそめは昼近くになってようやく戻って来た。赤ん坊を背負い、両手に大荷物を提《さ》げ、汗だくだった。

「お乳を分けてくれるおかみさんの所へ行って、坊にお乳を飲ませ、それからおたかさんが湯に入れてくれたの。坊のお尻《しり》はおしっこでかぶれていて可哀想《かわいそう》だった。帰りに晩ごはんの買い物をして来たので、こんな時間になってしまったのよ。お前さん、ごめんなさいね。青物屋さんと魚屋さんに行くとね、いつの間に産んだのかと訊《き》くのよ。あたし、何んと応《こた》えていいかわからなかった」

おそめはそう言いながら嬉《うれ》しそうだった。

昼めしにうどんを拵《こしら》えるので、お守りをしてくれと、喜十は赤ん坊を押しつけられた。

捨吉は乳を飲み、湯に入ったので、人心地のついたような表情をしていた。だが、喜十の顔を見ると、途端に泣きべそをかいた。

「ほうら、ほら。泣くんじゃないよ。わっちは鬼でも蛇《じゃ》でもありゃしない。捨てられたお前を拾ってやったんだ。ありがたいと思うなら、おとなしくしておくれよ」

喜十は捨吉を揺すりながら、そう言った。

台所でおそめが笑う声が聞こえた。喜十のもの言いが可笑《おか》しかったのだろう。捨吉は赤ん坊のくせに分別臭い表情をしていた。あまり可愛《かわい》いとは思えない。色黒だし、鼻は潰《つぶ》れている。眼は細く、眉毛《まゆげ》は三角だ。唇だけはきれいな桜色をしていた。

「坊は、産まれて半年以上は経《た》っているようだから、二六時中、お乳をやらなくてもいいそうなの。重湯《おもゆ》とかうどんを細かくしたのを食べさせてもいいんですって。夜中にお乳をほしがったら、薄い砂糖水を飲ませたらいいそうよ。あたし、それを聞いて、ほっとしたの。そうじゃなかったら、うちの中のことを放り出して、坊にお乳を飲ませてくれるおかみさんの所を廻らなきゃならないんですもの」

おそめの声が弾《はず》んで聞こえる。

「銀助親分に頼んでおいたから、その内に親の居所《いどこ》も知れるだろう」

喜十の言葉におそめは返事をしなかった。

「それから、この赤ん坊の名前は捨吉と言うらしい」

喜十がそう続けると「どうしてわかったの？」と、おそめは、その時だけ台所から首を伸ばして訊いた。

「風呂敷包みの中に書きつけが入っていたんだよ。捨吉をよろしく頼むってね」

「そう……坊は捨吉なのね」

「捨吉、捨吉、捨てられた捨吉」

喜十がうたうように捨吉に呼び掛けると、捨吉は赤い舌を見せて笑った。その声も赤ん坊にしては野太い。

「お前さん、坊をからかうのはやめて」

おそめは本気で怒っていた。

北町奉行所隠密廻《おんみつまわ》り同心の上遠野平蔵《かとのへいぞう》と銀助が日乃出屋を訪れたのは、翌日の午後だった。ちょうど喜十が客を送り出して見世に入ろうとした時のことだ。捨吉の親が見つかったのだろうか。喜十は期待して二人を見世の中へ促《うなが》した。赤ん坊の世話で喜十は疲れ切っていた。昨夜も捨吉が夜泣きしたので、おそめと交代であやし続け、寝不足気味でもあった。

上遠野は店座敷に上がったが、銀助は縁《へり》にひょいと腰を下ろしただけだった。

「それで、赤ん坊の親は見つかったんですか」

喜十は早口で二人へ訊いた。

「いや、まだだ。にっちもさっちも行かなくなった母親が切羽詰まって子を捨てたのだろう。いやなご時世だな、全く」

上遠野は不愉快そうに吐き捨てた。

「日乃出屋、この近所にそれらしい女はいなかったぜ。こいつはどこかよその町の者の仕業だろう」

銀助は首をねじ曲げて言う。

「さいですか。それじゃ、まだ時間は掛かりそうだってことですね」

喜十はうんざりした声になった。

「喜十、このまま親が見つからぬ場合はどうする」

上遠野は上目遣いで喜十に訊いた。

「どうするって、わっちにはわかりませんよ。そいつは旦那《だんな》と親分の仕事でしょうが」

「まあな。その時は養子の口でも探すしかあるめェ。おれが訊きてェのは、お前ェに親になるつもりがあるのかってことだ」

「そんなこと、急に訊かれてもお応えできませんよ。何しろ昨日の今日のことですからね」

そう言うと二人はそっと顔を見合わせた。二人の魂胆《こんたん》はわかっている。捨吉を喜十の養子にして、この件を収めてしまいたいのだ。

しかし、喜十は捨吉の親が思い直して迎えに来るのではないかという気もしていた。

「赤ん坊の名前ェも知れねェし、日乃出屋、ちょいと厄介だぜ」

銀助は面倒臭そうに言う。

「いえ、名前はわかっています。捨吉だそうです」

「だそうですって、どうしてそれがわかった」

銀助は怪訝《けげん》な眼になった。喜十は懐から浅草紙の書きつけを取り出して二人に見せた。

「厠《かわや》の落とし紙に書くたァ、どういう了簡《りょうけん》の親だ。おまけに捨吉たァ……」

上遠野は喜十と同じことを考えていたようだ。所詮《しょせん》、そんな親から生まれた赤ん坊など、この先、ろくなことはないだろうと。

「お越しなさいまし」

おそめが茶を運んで来た。

「お内儀さん、構わねェでくんな」

銀助は一応、遠慮したもの言いをした。

「いえ、ほんの粗茶でございますので。上遠野様、親分。あたし、坊の親が見つからなかった場合は、うちの子にしたいと考えております。うちの人にまだ許しは貰《もら》っていませんが、あたしの気持ちは決まっております」

「おそめ……」

もはや決心を固めていたおそめに喜十は驚いた。

「そうけェ、お内儀さんがそう思っていてくれるんなら、こっちも安心だ。親はどこかにとんずらしているかも知れねェしよ。ま、いよいよ話が決まった時は、人別《にんべつ》（戸籍）やら、色々面倒なことはおれが片をつけるからよ」

銀助も張り切った声で言う。

「よろしくお願い致します」

おそめは殊勝に頭を下げた。

上遠野と銀助は茶を一杯飲んで帰って行った。

「おそめ、ちょいと気が早いのじゃないかい」

喜十はおそめにちくりと小言を言った。

「ごめんなさい、勝手なことを言って。でも、あたし、子供がずっとほしかったの。でだけど、これればかりは授かりものだから、あたしの力だけじゃどうにもならない。でも、坊が現れた。あたし、神さん、仏さんのご加護だと思ったのよ」

鰯《いわし》の頭も信心から。喜十はつまらない諺《ことわざ》を頭に浮かべていた。しかし、喜十はおそめのように決心をつけることができなかった。それは男と女の違いでもあるのだろうか。女はもともと、子供を育てるという質が身に備わっていると思う。ところが男は、ほれ、これがお前の子だと言われても、どうもピンと来ない。毎日、一緒にめしを喰い、湯屋へ連れて行き、洟《はな》をかんでやったり、遊んでやっている内にようやく自分の子として受け入れられるのではないだろうか。自分と捨吉との間には、まだまだ時間が足りなかった。

その夜、喜十は夢を見た。二階の窓框《まどかまち》に捨吉が這《は》い出て、今しも地面にまっさかさまに落ちて行きそうだった。

捨吉、危ない。喜十は捨吉のおむつの後ろを掴んだ。しかし、その拍子におむつが外れ、尻を丸出しにした捨吉は毬《まり》のように転がり落ちて行った。

ああッ、喜十は悲鳴を上げた。自分の声で喜十は目を覚ました。夢だとわかっていても、喜十の心《しん》ノ臓《ぞう》はしばらくどきどきしていた。

喜十はその夢に、妙にこだわった。捨吉のおむつが外れた時、自分は簡単に諦《あきら》めていなかったたか。これが実の親だったら、一緒に転がり落ちて行くのも厭《いと》わなかったのではないかと。喜十は夢の中で自分の本心を見た思いがした。

喜十の思惑に構わず、おそめは毎日、かいがいしく捨吉の世話をしていた。捨吉もおそめの気持ちが伝わっているようで、何かの拍子に、にッと笑顔を見せる。さあ、おそめの喜びようは大変なものだった。

捨吉がやって来てひと廻り（一週間）が過ぎた頃、喜十は突然、左腕が上がらなくなってしまった。無理に腕を上げると鋭い痛みに襲われた。その内に治るだろうと思っていたが、痛む腕を庇《かば》うあまり、右の肩まで凝《こ》ってきた。

浅草広小路近くの骨接《ほねつ》ぎ医に診て貰うと、四十肩だという。冗談じゃない、自分はまだ四十前だと言葉を返すと、骨接ぎ医は、これは年に関係がないと応えた。特に治療法はないが、痛みが激しいようなら按摩《あんま》に揉《も》み療治を頼むといいと助言してくれた。

見世に戻っておそめに伝えると、おそめは捨吉をおぶって近所の按摩の家に頼みに行ってくれた。按摩は先約があるので、喜十が見世を閉める夜の四つ（午後十時頃）に来てくれるという。その間、喜十は痛みを堪《こら》えながら商売をしなければならなかった。こういう時に限って、見世は立て込んだ。無理に笑顔を拵《こしら》えていたものだから、見世を閉める頃は顔まで引きつっていた。

三

日乃出屋にやって来たのは、顔見知りの彦市《ひこいち》という按摩ではなく、二十歳そこそこの若者だった。

「おや、お前さんは見慣れない顔だね。彦市さんのお弟子さんかい」

喜十は若い按摩を招じ入れながら言った。

「さいです。半年ほど前に師匠の所に弟子入りしました。麗市《れいいち》と申します。麗《うるわ》しいという字の麗市です」

若い按摩は大きな眼をしていた。とても眼が見えないとは思えなかった。鼻筋も通り、結構男前である。

「そいじゃ、少し狭いが茶の間でやって貰おうか」

「寝間じゃなくてよろしいんですかい。揉み療治が終わったらすぐにお休みになれると思いますが」

「ちょいと赤ん坊を預かっているんで、落ち着かないんだよ」

「さようですか」

おそめは二階の部屋で捨吉を寝かしつけていた。捨吉は、すぐには眠らない赤ん坊である。

茶の間に座蒲団《ざぶとん》を三枚敷き、枕《まくら》を胸に押しあてた恰好《かっこう》で喜十は俯《うつぶ》せになった。麗市は持参した手拭《てぬぐ》いを喜十の左肩に掛け、ゆっくりと揉み始めた。

「四十肩だそうで」

「ああ。赤ん坊の世話をして余計な力《りき》みが入ったらしい」

「その赤ん坊てのは旦那のお子さんじゃねェんですかい」

麗市は怪訝そうに訊く。低く透き通ったいい声だ。

「これがねえ、うちの見世の前に捨てられていたんだよ。親が見つかるまで預かることにしたんだが、まだ親の行方が知れないのさ。岡っ引きの親分は、このまま親が見つからない時は養子にしろと余計なことを言っている。それを真に受けた女房が、すっかりその気になって世話をしているのよ。わっちはどうしたらいいのか悩んで、それで身体《からだ》の具合が悪くなったんだろう」

「まあ、悩みがあると具合を悪くする人は多いですからね。旦那は、その子を養子にするつもりはねェんですかい」

「まだ、そんな気にはなれないよ。子供を育てるのは大変だ。猫を飼うような訳には行かないよ」

「さいですね」

麗市の揉み方は優しかった。師匠の彦市のようにツボをぐいぐい押さない。肩を傷《いた》めていると告げていたので、加減して揉んでいるのだろう。心地のよさに喜十はうとうとと眠気が差してきた。

「実はわたしも親に捨てられたんですよ」

麗市があまりにあっさりと言ったので、喜十は危うく麗市の言葉を聞き逃すところだった。

「本当かい。それでその後、どうやって大きくなったのよ」

「まあ、婆《ばあ》さんにしばらく育てて貰いやしたがね」

「何んだ、それじゃ不幸中の幸いだったじゃないか。いや、こんな言い方は変だな。親に捨てられたあんたにとっちゃ、身内が残っていたところで寂しいことに変わりがない。だが、お前さんはうちで預かっている赤ん坊よりましだと思うぜ」

「そうですかね。旦那の所の赤ん坊は親に捨てられたことを知らないですから、いっそ、倖《しあわ》せだと思いますよ。まあ、これから育ててくれる人がいればの話ですが……わたしはそのう、はっきりとお袋の顔を覚えているんですよ。八つになっておりましたから」

麗市の声が低くなった。麗市の眼は、その年頃まで見えていたということだろうか。喜十は怪訝な思いを抱いたが、それは口に出さなかった。麗市を傷つけるような気がしたからだ。

「八つになった倅《せがれ》を捨てるのかい。よほど切羽詰まった事情があったんだろうねえ」

恐らくは喰えなくなって思い切ったことをしたのだろうと喜十は考えていたが、事情は違っていた。

「いえ。お袋に男ができたんですよ。母親ってのは男ができると子供のことなんてどうでもよくなるんですね」

麗市の言葉に怒気が含まれた。母親に対する恨みは消えていないようだ。

「そういうもんかねえ」

喜十は曖昧《あいまい》に応《こた》えた。少なくとも自分の母親はそうじゃなかったと思っている。

「相手が悪かったんですよ。村の男どもだったら、あんなお袋でも靡《なび》かなかったと思いやす」

麗市は、江戸者ではないらしい。それにしては訛《なま》りをあまり感じない。江戸の近くの村の出だろうか。

「母親の相手というのはどういう男だったんだい？　相手が悪かったと言われても、ちょっと見当がつかないよ」

喜十は首をねじ曲げて麗市の顔を見ようとしたが、麗市はそうさせなかった。喜十の首筋を揉みに掛かっていた。

「お上の御用で江戸からやって来ていた旗本だったんです。伴《とも》の家来が何人か一緒に来ておりやしたが、男ばかりじゃどうしても行き届かない。それで庄屋さんがお袋に身の周りの世話をするよう言いつけたんです。洗濯とか、簡単なお菜《さい》を作ってやることでした。給金が思っていたより高かったので、最初はいい内職が見つかったと、お袋は喜んでおりやしたよ。ですが、三年ほど通っている内、お袋はその旗本とできてしまったんですよ。うちはずっと貧乏暮らしをしていましたからね、うまい物を喰わせて貰ったり、着物や帯を買って貰ったりしている内、お袋の心持ちもおかしくなったんでしょう」

その気持ちもわからぬでもないと喜十は思うが、普通の母親ならば子供を捨ててしまうほど自分を見失うことはないと思う。

「その旗本が務めを終えて江戸へ帰ってしまうと、お袋はしばらくしてから、後を追って家を出て行きました。後に残された親父《おやじ》の荒れ方はとても言葉にできませんよ」

「親父さんもいたのかい」

喜十の声にため息が交じった。麗市も気の毒だが、父親はさらに気の毒だと思った。もしもおそめに男ができて、この家を出て行ったら、自分はどうなるのだろう。それだけは想像したくなかった。

「親父は近所があれこれ噂《うわさ》するので耐えられなくなったんでしょう。ある日、わたしを道づれにして川に飛び込んだんです。親父は泳げなかったもので」

「ええっ！　それでどうなったのよ」

喜十は早口に麗市の話を急《せ》かした。

「親父は溺《おぼ》れて死んでしまいました。わたしだけが助かったんですよ」

「……………」

「それから婆さんと二人で田畑の世話をしておりましたが、婆さんも年でしたから、三年後に死んでしまいやした。わたし一人では田畑ができませんので、庄屋さんに相談して村の人に土地を譲り、一人で江戸へ出て来たんですよ」

「それから按摩の修業をしたってことかい？　どうも、あんたの話は、わっちにはよくわからないよ」

「いいえ、川に嵌《は》まった後で熱を出し、それが元でわたしの眼は見えなくなったのです」

麗市は慌《あわ》てて事情を説明した。だから按摩をするよりほかに生きる術《すべ》がなかったのだとも。何も彼《か》も、一家の女房がいなくなったために起きた不幸だった。喜十はそれ以上、麗市の打ち明け話を聞くのが辛《つら》くなり、眠ったふりをしていた。しかし、麗市は喜十に構わず話を続けた。幸い、話題は変わっていた。

「そろそろ桜が咲く季節ですね。わたしの村には、そりゃあきれいな糸桜がありましてね、毎年、花の咲くのが楽しみでしたよ。そよ風にゆらゆら揺れる糸桜を見ていると、ふうっとあの世へ誘われるような気持ちになったものです。糸桜を眺めながら死ねるなら滅法界もなく倖せですよ」

糸桜とはどんな桜なのか喜十は見当もつかなかったが、桜の種類のひとつであろうと、ぼんやり思っていた。

半刻《はんとき》ほど、上から下まで丁寧に揉んで貰い、喜十は腕と肩の痛みが少し和《やわ》らいだように感じた。

「また頼むよ」

喜十は手間賃の四十八文を払うと、笑顔で麗市を送り出した。日中の温かさに比べ、夜風は冷たかった。玉杖《たまづえ》を突き、笛を鳴らしながら帰って行く麗市の背中は、すぐに闇《やみ》に溶けてしまった。悲しい思い出のある故郷で、糸桜だけが麗市の慰めだったらしい。

「糸桜か……」

喜十は独り言を呟《つぶや》き、その後で長いため息をついていた。

翌日の午前中、上遠野平蔵は銀助を伴って日乃出屋にやって来た。これはいよいよ捨吉の親が見つかったのかと喜十の胸は期待に膨らんだが、話を聞いてみると、上遠野は全く別の件で訪れたのだった。

「もう、何んですか。思わせぶりなことはしねェで下さいよ。旦那《だんな》と親分がうちの見世にいらっしゃるってことは、つい、捨吉のことかと勘繰《かんぐ》るじゃねェですか」

喜十はぷりぷりして二人を中へ促しながら言った。二人は顔を見合わせて苦笑いした。

銀助は相変わらず店座敷に上がらず、縁に腰を掛ける。

「相当に参っている様子だの」

上遠野は店座敷に腰を下ろすと悪戯《いたずら》っぽい表情で言った。

「参りますよ。おまけにわっちは四十肩になっちまいましてね、弱り目に祟《たた》り目ですよ」

「そいつは気の毒だ。ま、大事にするこった」

上遠野はさして心配するふうでもなく、おざなりな言葉を掛けた。

「それで、本日はどういうご用件で？」

喜十も自然にぞんざいなもの言いになる。

「ご公儀の勘定奉行におられる日下部《くさかべ》兵庫《ひょうご》殿という御仁《ごじん》が、どうも刺客《しかく》に狙《ねら》われている様子なのだ」

上遠野は少し真顔になって話を始めた。それが古手屋を商う自分とどんな関係があるのかと喜十は内心で思った。

「刺客ですって？　この泰平の世の中に、そんな物騒な輩《やから》がいるんですかい」

喜十は気のない声で上遠野と銀助の顔を交互に見ながら訊《き》いた。いるから、こうして旦那と来ているんじゃねェか、と銀助は皮肉な言い方で応える。

「それで日下部様という方は北町奉行所に警護をお願いしたってことですか」

「そういうことだ。ご本人はその心当たりがさっぱりないそうだ。しかし、夜中に何者かが庭に忍び込んだ形跡があり、不審な物音も聞こえたらしい。まあ、旗本屋敷と言っても、日下部殿のお家の構えは、そこいらの武家にざらにあるもので、奉公人も少ない。その気になりゃ、隙《すき》をついて忍び込むことは可能だ。しかし、奥方もお嬢様も恐ろしがって、外出もできずに屋敷内に閉じこもっておる。日下部殿のお屋敷は本所にあるが、念のため、怪しい人間がおらぬかどうか訊き回っていたところだ」

「あいにく、わっちに心当たりはござんせんよ。変装のための衣裳《いしょう》を買いに来た客もおりませんしね」

「変装のための衣裳とはどのようなものだ」

上遠野は、すかさず突っ込む。

「そのう、闇に紛れて行動するとしたら、黒装束とか忍者のような柿色《かきいろ》の上着にたっつけ袴《ばかま》とかでしょうよ。ああ、頭巾《ずきん》も使うかも知れませんね」

そう言うと、上遠野は銀助と顔を見合わせた。

「そういう客はいなかったってことけェ」

銀助はつまらなそうに口を挟《はさ》んだ。

「はい、今のところは」

「しかし、町木戸もあることだし、夜中に自由にあちこち歩ける人間など、そうそうはおらん。日乃出屋は夜の四つまで見世を開けている。暖簾《のれん》を下ろす時など、外を歩いている怪しい人間がいれば気がつくはずだ」

「だから、そんな者はおりませんと申し上げたじゃねェですか。そいつはここら辺の人間じゃなくて、本所に潜伏しているんじゃねェですかい」

「潜伏……」

上遠野はまた、喜十の言葉尻《ことばじり》を捉《とら》える。

「いずれにしても、うちには関係ありませんよ」

喜十は面倒臭そうに言った。その時、おそめが捨吉をおぶって茶を運んで来た。

「お内儀《かみ》、赤ん坊を背負っている姿はなかなか似合うぞ」

上遠野はつまらない世辞を言う。何をおっしゃるやら、おそめは恥ずかしそうに笑って茶を勧めた。

「夜中に外を出歩く者と言えば、病人が出て呼ばれた医者か赤ん坊の取り上げ婆《ばば》ァ、夜《よ》鳴《な》き蕎麦《そば》屋《や》、居酒見世《いざかみせ》から帰る酔っ払いぐらいなものだろう。後はこそ泥だな」

上遠野は茶をぐびりと啜《すす》って話を続ける。

「しかし、日下部様という方は本当に心当たりがねェんでしょうか。ただ、刺客に狙われているだけじゃ、雲を摑《つか》むような話に思えますよ。何か隠していることでもあるんじゃねェですかい」

喜十がそう言うと、上遠野は静かに肯いた。

「うむ。日下部殿は百五十俵取りの旗本のご身分だが、以前は甲府勤番も務められた。その時は家禄《かろく》の他に役高二百俵を給《たま》わり、向こうではかなり裕福な暮らしをされていたらしい。まあ、下世話な勘繰りをすれば、お上の眼が届かないのをいいことに、あこぎなこともしていたことは推測できるがの。むろん当人はそれを口にされておらぬ。甲府勤番は十年以上も前の話なので、その時のことと今回のことは繋《つな》がりが薄いだろうとおっしゃっていた」

「しかし、敢《あ》えて心当たりと言えば、その甲府勤番をされていた時のことになるんですね」

「まあ、そうなるかのう」

「そいじゃ、当時のことを調べなすったら、何か手懸《てが》かりが出て来るんじゃねェですか」

喜十がそう言うと、上遠野は返事の代わりにため息をついた。面倒臭いことになったと思っているのだろう。

甲府百万石は幕府の直轄地《ちょっかつち》（天領）である。

少数の甲府勤番をする旗本が甲府城を守っていた。上遠野の話によると、昔、甲府勤番を命じられた三百俵取りの旗本が吉原へ行き、なじみの遊女と別れを惜しんでいる間に妻が赴任旅費を持って屋敷の若党と駆け落ちするという事件があったそうだ。若党は最初から金目当てだったので、旗本の妻を鈴《すず》ヶ森《もり》辺りで捨てて逃げ去った。その後、その妻がどうなったか知らないが、旗本は家内不取締《かないふとりしまり》で改易《かいえき》処分になったという。上遠野はその事件と同じようなことが起こらないかと心配しているようだ。幾ら他人事とはいえ、警護を依頼された主が咎《とが》めを受けるとなっては後味が悪い。甲府赴任の際の事情を調べるのに及び腰になったのはそのためだろう。

「しかし、訳もわからず闇雲に刺客捜しをしても埒《らち》は明《あ》きませんぜ」

喜十は上遠野にきっぱりと言った。上遠野はそれもそうだと思ったのだろう。力なく肯《うなず》いた。

「上遠野様も色々お仕事があって大変ですね。坊の親捜しをするどころじゃありませんね」

おそめは上遠野と銀助が帰ると、湯呑《ゆのみ》を片づけながら言った。

「お前は捨吉の親が見つからなければいいと思っているんだろう」

「坊はようやくあたしの顔を覚えてくれて、あたしも情が湧《わ》いてきましたからね。でも、お前さんはそうじゃないみたい。お前さんがいやだと言うのなら、坊をよそにやるよりほかはありませんよ。お前さんが邪険にした挙句、坊がぐれてしまったら、あたしはきっと後悔すると思うから」

「だ、誰も邪険にするとは言ってないよ」

「でも、坊をあまり好きじゃないのでしょう？」

おそめは恨めしそうに喜十を見る。気のせいか、背中の捨吉も心配そうな顔をしていた。

「それはそのう、まだ捨吉がうちに来て間もないから、わっちは何んと応《こた》えていいかわからないよ」

「坊が嫌いなんだ。きっとそう」

「おそめ」

喜十は慌てておそめの袖《そで》を摑んだが、おそめはさり気なくその手を払った。もはや自分より捨吉を大事に考えるおそめに、喜十はやり切れない思いを抱いていた。

四

世間は花見の季節だというのに、喜十の気持ちは重く沈んでいた。肩と腕の調子は相変わらずよくない。このまま死ぬまで痛みを抱えていなければならないのか。自分はもう終わりかも知れない。そんな気弱な思いにも喜十は捉えられていた。

おそめは捨吉の世話にかまけて、近頃はまともなめしも作らない。ちくりと小言を言えば、お前さんは坊が嫌いだから、そんな意地悪なことを言うと逆にすねてしまう。全く捨吉が来てから夫婦の仲までおかしくなった。捨吉は疫病神《やくびょうがみ》だと喜十は内心で思っていた。

夕方の客足が途切れた頃を見計らい、喜十は、ちょっと出かけると言って見世を出た。おそめが捨吉をあやす声にいらいらしたせいもあった。一人で酒を飲み、憂《う》さを晴らしたい気分だった。喜十は浅草広小路を横切り、花川戸町《はなかわどちょう》の小路にひっそりと暖簾を出している小料理屋に向かった。

そこは「あやめ」という屋号の見世で、四十がらみの亭主が一人でやっている。上遠野と一緒に一度だけ入ったことがあった。見世は清潔で、気の利《き》いた突き出しを出したことも覚えていた。

間口一間の見世の中は飯台の前に五人ほど座れる腰掛けがあり、腰掛けの後ろは小上がりになっている。喜十が入って行った時、客は誰もおらず、亭主が仕込みをしている最中だった。

「いいかな」

喜十は亭主の顔色を窺《うかが》うように訊いた。

「へい、どうぞ。酒ですかい」

亭主は気軽な返答をした。確か助五郎《すけごろう》という名前だったと思い出す。

「ああ。燗《かん》をしてくれ」

喜十は醤油樽《しょうゆだる》に絣《かすり》模様の座蒲団《ざぶとん》を敷いた腰掛けに座って言った。

「お客さんは確か、上遠野の旦那と一緒にいらっしゃいましたね」

見掛けはとっつき難い感じだが、なかなか如才ない口を利《き》く男だ。

「覚えていたのかい」

「へい、もの覚えはいいほうなんで」

助五郎は冗談交じりに言って、にッと白い歯を見せた。背丈は低いが、がっちりした体格をしている。丸い眼に丸い鼻、唇は厚めである。ほどなく、ちろりと猪口《ちょこ》が目の前に置かれ、助五郎は最初の一杯だけ酌をしてくれた。それから菜の花のからし和《あ》えの小鉢も出した。ぴりりとした辛さが喜十の舌を喜ばせた。

「大将、うまいねえ」

そう言うと、こいつはどうも、と助五郎は軽く会釈《えしゃく》した。

「近頃、上遠野の旦那も忙しいらしくて、日中、お務め向きで立ち寄るだけでさァ」

助五郎は手を動かしながら言う。酒の燗もほどよい。喜十の喉《のど》を滑るように落ちて行く。

「そうそう、赤ん坊が捨てられていたそうで、その心当たりがねェかと、この近所を訊き回っておりやしたねえ。ちょいと寄っておくんなさいと声を掛けましたが、本所に行く用事があるとおっしゃって、そそくさと行ってしまいやしたよ」

助五郎は、ふと思い出したように続けた。上遠野は一応、捨吉の親を捜してくれているらしい。本所に行く用事とは例の旗本のことだろう。

「捨て子の心当たりはあったのかい」

「ありませんねえ。浅草寺で迷子になる話はよく聞きますが、それだって、ほどなく見つかっていますよ。赤ん坊を捨てるなんざ、よくよくのことですよ」

「そうだなあ」

喜十の声にため息が交じる。捨吉の親捜しは進展していないようだ。

「旦那《だんな》は花見をなさいましたかい」

黙りがちになった喜十の気を引くように助五郎は話題を変えた。

「わっちは花見なんぞに縁がないよ。古手屋商売をしているんでね。正月の三が日ぐらいしか休めないよ」

「旦那は古手屋さんですかい。それはそれは。あっしはまた、上遠野の旦那のお身内かと思っておりやした」

「身内みたいなものさ。しょっちゅう、わっちの見世に現れて、何んだかんだと野暮用を押しつけているよ」

そう応えると、助五郎はこもった笑い声を立てた。

「あっしも、ここ十年ばかり花見とは縁がありやせんね。まあ、季節になれば桜は勝手に咲くもんだし、その内にゆっくり花見をする機会もあるだろうと呑気《のんき》に構えておりやす」

「お前さんは桜よりあやめのほうがいいんだろう。見世の屋号はそれだから」

「お袋が吉原の小見世《こ》で、あやめという源氏名で出ていたんですよ。もっとも、お袋はあっしを産み落とすと、すぐに養子に出してしまいやしたがね」

「お袋さんのことは誰に聞いたんだい」

「まあ、近所の年寄りですよ。あっしは十二の頃から料理茶屋に奉公に出て、何んとか一人前になりやした。女房を貰《もら》って見世を出す時、ふと思い出してあやめにしたんですよ」

ここにも親に捨てられた男がいたと喜十は思った。

「本当言うと、あっしはやっぱり、あやめより桜が好きですよ」

助五郎は湿っぽくなった気分を振り払うように続ける。

「そうかい……」

「この間、上遠野の旦那が本所の旗本屋敷にそりゃあきれえな枝垂《しだれ》桜があるとおっしゃっておりやした。何んでも甲州から持って来て植えたものだそうです。あっしはそれを聞くと、矢も盾もたまらず、青物屋へ仕入れに行った帰りに見物して来やした」

甲府勤番をしていた日下部という男は江戸に桜の苗木を持ち帰ったのだろうか。

「本所の旗本屋敷とは上遠野の旦那が用事のあると言っていた所かい」

「さいです」

「それにしては、わっちに枝垂桜のことなど少しもおっしゃっていなかったが」

「あっしが桜が好きだってことを、上遠野の旦那は前々からご存じだったんですよ。それでちょいと羨《うらや》ましがらせてやろうという気になったんでしょう」

「あの人らしい。それでどうだった?」

喜十もそそられるような気持ちになった。

「へい、まだ花時になっていませんでしたが、柳の樹《き》みてェにゆらゆら揺れておりやしたよ。風情《ふぜい》がありましたねえ」

「そりゃあ、目の果報だったねえ。そいじゃ大将は、思い掛けず今年は花見ができたってことだね」

喜十は手酌した猪口を口に運びながら言った。

「さいです。その桜は近所でも評判になっていたようで、あっしが行った時も何人か見物人がおりましたよ。しかし、近所の見物人は枝垂桜とは言わず、糸桜と言っておりやした。あっしは枝垂桜と違うのかと見物人の一人に訊くと、いや、同じものだが、その旗本屋敷では昔から糸桜と呼んでいたので、自分達もそれに倣《なら》っていると言っておりやした。何んでも甲州じゃ、そう呼ぶらしいですから」

その時、喜十は按摩の麗市の言葉をふいに思い出した。麗市も糸桜と言っていたからだ。もしや麗市の国は甲州で、母親が後を追った相手は、日下部兵庫ではないかという気がして来た。麗市にそれを確めなければならない。そう思うと、喜十はそそくさと酒を仕舞いにして「大将、野暮用を思い出した。悪いがこれで引き上げるよ」と言って勘定を済ませた。

急いで日乃出屋に戻ると、おそめは捨吉を行李《こうり》の蓋《ふた》の中に座らせ、おかゆを食べさせていた。

「お帰りなさい。さきほど銀助親分がいらっしゃいましたよ」

「で、何んだって」

「まあ、お酒臭い。お見世を閉める前から飲んでいらしたんですか」

おそめは喜十を詰《なじ》った。

「お前がろくなめしを作らないから、よそで飲んで来たんだ」

そう言うと、おそめは悔しそうに唇を嚙《か》み、ついで洟《はな》を啜《すす》り出した。つられて捨吉もべそをかいた。

「おう、泣け泣け。二人で一生泣いてろ」

喜十が破れかぶれの悪態《あくたい》をつくと、おそめはきッと顔を上げ「そんなに坊がお気に召さないなら、わかりました。これから坊を捨ててきます。それでよろしいのでしょう？」と、捨吉を行李から抱え上げた。

「わかった、わかった。わっちが悪かったよ。四十肩のせいで、ちょいといらいらしていただけだよ」

慌《あわ》てて喜十は宥《なだ》め、おそめの腕から捨吉を受け取って行李へ戻した。捨吉はその拍子に「うまうま」と喜十に催促した。

「へえ、うまうまと言えるのかい。こいつは畏《おそ》れ入った。おっ母さん、捨吉にうままをやっとくれ」

そう言うと、おそめは、ようやく機嫌を直し、泣き笑いの顔で肯《うなず》いた。おそめは匙《さじ》を取った時、ふと思い出して「按摩《あんま》の麗市さんが、本所の旗本屋敷にある桜の樹《き》を伐ってしまったそうですよ。どうしてそんなことをしたのか、親分はさっぱり訳がわからず、お前さんにお知恵を借りたい様子でしたよ」と言った。

「本当かい？」

「ええ、今まで不審なことがあったのも、すべて麗市さんの仕業だそうですって」

「で、麗市は今、どこにいる」

喜十はおそめの問い掛けに応えず、逆に訊《き》き返した。

「多分、親分の詰めている自身番だと思いますけど」

「わかった。ちょいと行って来る。帰ったらめしを喰うから、用意しておくれよ」

喜十は、おそめに阿《おも》ねるように言った。

「わかりました」

おそめは笑顔で肯いた。

五

田原町三丁目の自身番では、さんざん殴られ、人相もなくなった麗市が荒い息をしていた。銀助にやられたらしい。上遠野は傍で黙って見ていた。

「しぶとい野郎だ。どうして日下部様のお屋敷で狼藉《ろうぜき》を働いたのか応えやがれ」

銀助は棒で加減もなく麗市の腰を打った。

「親分、理由はわかっております。そのぐらいで勘弁しておくんなさい」

喜十は慌てて銀助を制した。

「理由がわかっているとな？」

上遠野は怪訝《けげん》そうに喜十を見た。

「はい」

「どういうことだ」

「その前に、麗市に二、三、訊きたいことがあります。よろしいでしょうか」

そう言うと、銀助は手を放し、薬缶《やかん》の水を口飲みした。仕置するのもこれで結構、疲れるものらしい。

「麗市、お袋さんの素性は知れたのかい？」

喜十が静かな声で訊くと、麗市は力なく首を振った。

「本所の日下部様のお屋敷にはいなかったのだね」

こくりと肯いた拍子に麗市の眼から、はらはらと涙がこぼれた。

「日下部様にお袋さんのことは訊《たず》ねたのかい」

喜十が続けると「何度も取り次ぎを頼みましたが、玄関払いされるばかりでした」

と涙声でようやく応えた。

「まあ、日下部様のご身分を考えたら、按摩風情に易々《やすやす》と面会するとは思えないよ。それでお前は腹を立てて思い切ったことをしたんだね」

「いいえ、わたしは諦《あきら》め切れず、お城に出仕するあの男に縋《すが》りついて、大藤村《おおふじむら》のとわという女が十年ほど前に訪ねて来なかったか、それからその女がどこへ行ったか知らないかと訊きました。最初から狼藉を働くつもりなどなかったのです。ただ、お袋の行方が知りたかっただけです」

とわというのが麗市の母親の名前らしい。大藤村というのも甲州にある村のようだ。

喜十はそこで、麗市のこれまでの事情を上遠野に語った。話を聞きながら、上遠野は眉《まゆ》をひそめたり、眉間《みけん》に皺《しわ》を寄せたりした。

「それで日下部殿は何んと応えられた」

　上遠野は話を聞き終えると、静かな声で麗市に訊いた。

「お前は誰だと、あの男は訊ねました。わたしは、とわの倅《せがれ》だと言いました。すると、あの男は、頭のおかしな母親を持って、お前も不憫《ふびん》な奴《やつ》だとせせら笑ったのです」

　日下部は甲府勤番の折、とわと情を通じたことなど、江戸に戻った途端、きれいさっぱり忘れたつもりだった。しかし、とわは日下部を思い切れず、後を追い掛けて来た。日下部は妻の手前もあり、とわが訪ねて来たことは迷惑以外の何ものでもなかった。邪険に追い返したのだ。

「挙句に、しばらくしてから大川に女の土左衛門が浮いていたから、それがとわのなれの果てではないかと言いやした。見て確かめた訳でもないのに、そんな勝手なことを言うあの男が許せませんでした。おまけに村から持ち帰った糸桜を庭に植え、悦に入っておりやした。わたしの胸は怒りではち切れんばかりでした」

　麗市は途切れがちになる声を励まして、ようやく語った。麗市は、それから日下部の家の糸桜を伐ることで頭がいっぱいになったのだ。仕事が立て込んでいない日は本所へ渡り、着々と首尾を調え、ついに事に及んだのだろう。しかし、さすがに樹を伐る音は防ぎようもなく、屋敷の者に見つかってしまったのだ。

「糸桜はお前の村で特別のものなんだね」

喜十は、しみじみとした口調で言った。

「さいです。桜の季節には糸桜だけでなく、山桜も咲き、村全体が桃色の毛氈《もうせん》を敷き詰めたようになります。桃源郷《とうげんきょう》というのがこの世にあるならば、まさに桜の季節のわたしの村がそれになると思います。糸桜はその中でも特別で、村の人々はご神木として大事にしていたのです。その糸桜を江戸に持ち帰るなど、そもそもわたしには考えられません。そういう男だからお袋を宥めて村に戻るよう言い聞かすこともできなかったんでしょう」

「糸桜を日下部殿の庭で咲かせてはならぬと、その時に思ったのだな」

上遠野は低い声で言った。麗市は下を向いて肯いた。

「ですが旦那。どうして日下部様は刺客《しかく》に狙《ねら》われているなどと大束なことを言ったんでしょうね。敵は麗市だと最初《はな》っからわかっていたはずじゃねェですか」

銀助は腑《ふ》に落ちない顔で訊く。

「麗市をしょっ引《ぴ》けば、己れの旧悪が露見すると恐れたのだろう。その前に怪しい人間として無礼討ちにする魂胆だったやも知れぬ。奉行所に警護を依頼しておけば、後々、言い訳が立つ。面目を保つ才覚はあったらしい」

上遠野は不愉快そうに吐き捨てた。

「それじゃ、麗市はお咎《とが》めなしですかい」

銀助はつまらなそうに言う。

「向こうも公《おおやけ》にはできぬだろうて」

「よかったな、麗市。これでお前も少しは胸のつかえが下りただろう」

喜十はほっとして麗市の肩を叩《たた》いた。その拍子にぎくりと痛みが走った。

「まだ、調子は戻っていないご様子で」

麗市は気の毒そうに言った。

「今晩、また揉《も》んでくれるかい」

「へい、喜んで。と言ってもお解《と》き放《はな》ちが叶《かな》えばの話ですが」

麗市はそう言った。

「庭木を伐ったぐれェでお縄にできるかい！」

上遠野は怒鳴るように応えた。

一刻《いっとき》ほどの取り調べの後、麗市は解き放ちとなり、それを潮に喜十も腰を上げた。

「旦那、帰りにお寄りになりやせんか」

喜十は上遠野を誘った。少し思案するふうだった上遠野は「いや、今日はまっすぐ戻るとしよう。赤ん坊が泣いている傍で酒を飲んでも興が乗らぬ」と、応えた。

「さいですか」

「それに麗市に揉み療治をして貰《もら》うのだろう？」

「ええ、まあ……」

「またという日もあることだし」

「そいじゃ、近々、花川戸のあやめに行きましょうよ。大将が寂しがっておりやしたから」

「奢《おご》ってくれるのか？」

上遠野はいつもの調子に戻り、さもしいことを言う。

「何をおっしゃることやら。こっちは古手屋でかつかつの商売をしているんですよ。割り勘に決まっているでしょうが」

「それなら行かん」

上遠野はあっさりと応《こた》える。そのまま、別れの言葉もなしに、すたすたと南に向かって去って行った。喜十は低い声で「けち野郎」と悪態をついた。その時、上遠野は振り向き、「聞こえたぞ」と拳《こぶし》を振り上げた。喜十は取り繕うように肩を竦《すく》めた。その時、また、ぎくりと痛みが走った。ざまあみろ、と上遠野は高笑いした。心底、いやな男だと喜十は思った。

その夜の麗市の揉み方はいつになく丁寧だった。これで三度目だ。二度目の時はやけに急いでいる感じだったが、思い返せば、その時の麗市は糸桜をどうやって伐るかと頭を悩ませていたのかも知れない。日下部の庭の糸桜は幹がさほど太くなかった。それが幸いしてうまく行ったらしい。それにしても、旗本屋敷に忍び込むとは大胆な男だと思う。存外、身が軽いのだろう。

「糸桜を伐った鉞《まさかり》は師匠の家にあったのかい」

眠るでもなく、覚めるでもなく、うとうとしながら喜十は麗市に訊いた。

「いいえ、大工の留吉さんに借りやした」

「ええっ？」

留吉の名がそんな所で出るとは思わなかった。

「ですが、鉞はあの男の庭に置いて来てしまいました。今さら取りにも行けませんよ。留吉さんには弁償しますから勘弁して下さいと謝りました。でも留吉さんは、あれはどこかの普請《ふしん》現場に落ちていたものだから、気にするなと言ってくれました。それどころか、また使うなら別の物があると言うんですよ。いえいえ、もう結構ですと慌てて断りましたよ」

「いい男だろ？　わっちはあの男が好きなんだ。上遠野の旦那とは大違いよ」

「上遠野様も立派な方ですよ。わたしはそう思います。助けていただいたから言う訳ではありませんが。それに、こちらの旦那とも気が合う様子に見えますよ」

「よせやい。あの人と気が合ってたまるものか」

「そうですかねえ……ところで、赤ん坊のことはまだ決心がつきやせんかい」

「……」

「お内儀《かみ》さんはどこへ出かけるにもおんぶしておりますね。背中の赤ん坊も心から安心しているような顔をしておりました。このまま育てて貰えるなら倖《しあわ》せなんですがねえ」

「他人事だと思って勝手なことを言う」

　喜十は、少しむっとして言った。

「旦那は世話をするのが大変だから及び腰になっているんですかい」

「いや、そうじゃなくて、どんなに可愛《かわい》がっても、実の親には叶わないだろうと思っているからだよ」

「実の親と一緒にしなくてもよろしいんじゃないですか」

「どういうことよ」

「ただ傍にいるだけでいいと思います」

「それはあんたの考えかい」

「ええ。親と呼べる人がいるだけで子供は倖せですから」

八歳で母親に捨てられ、間もなく父親も亡《な》くなった麗市の、それが素直な思いなのだろう。

「ただ傍にいるだけでいいってか？」

「さいです」

「糸桜はわっちも見たかったねえ。飲み屋の親仁《おやじ》に桜が好きな奴がいてね、本所に見物に行ったそうだよ。ゆらゆらと揺れて風情《ふぜい》があったとさ」

喜十は話題を変えるつもりで言った。

「そうですかい……」

「話を聞いただけで、わっちも花見をした気分になったよ。糸桜という名前も覚えたし」

「ですが、わたしは糸桜を伐った時、お袋を一緒に斬《き》ったような気分になりました。あれは糸桜の罰かも知れません。その罰のために、わたしはこれからもお袋を捜し続けることになりそうです」

「諦め切れないのかい」

「ええ」

「そうかい……」

そう言ったきり、喜十は口を噤《つぐ》んだ。春の夜はしんしんと更《ふ》ける。町木戸はとうに閉じられているだろう。だが、麗市ならば木戸番は通してくれるはずだ。しかし、麗市の眼が見えていることに喜十はとっくに気づいていた。按摩を生業《なりわい》にしながら、これからも麗市の母親捜《し》しは続くのだ。哀れなものを感じながら、それが麗市の決めた道ならば喜十は四の五《ご》の言えないと思った。

おそめは見世の外に出してある床几《しょうぎ》に捨吉を抱えて座り、鳩《はと》を見せている。捨吉は不思議そうにそれを眺める。ばたばたと鳩が飛び上がると、捨吉は奇声を発して喜ぶ。

それを横目に見ながら、喜十は客の相手をする。そろそろ単衣《ひとえ》の季節を迎える。見世の一《ひと》ツ身《み》（赤ん坊の着物）は在庫がなくなった。皆、捨吉の普段着にされてしまったからだ。

捨吉の親はまだ見つからない。しかし、喜十の胸の内に、捨吉の親がいつまでも見つからなければよいという思いも芽生えていた。

麗市は花の季節が過ぎてしばらくすると、師匠の家を出て、どこかへ行ってしまった。

故郷に戻っていればいいなと喜十は思う。そこで糸桜のように可憐《かれん》な娘と出会い、倖せな夫婦になることを喜十は望んでいる。少年時代の辛《つら》い悲しい思い出も、それによって拭《ぬぐ》い去ることができるだろうから。

見逃した糸桜がつくづく惜しかった。この先、桜の季節が巡って来る度に、喜十は糸桜と麗市のことを思い出すだろう。

いや、その季節に捨吉が日乃出屋に来たことも。

半日の雨より長し糸桜　　芭蕉

解説

朱川湊人

宇江佐真理さんの新シリーズ『古手屋喜十　為事覚え』待望の文庫化である。

文庫はいつも解説から読む……という流儀の方を除けば、すでに本編をお読みになられていると思うが、何より喜十の魅力が楽しいシリーズである。

まず、パッとしない風采《ふうさい》というところで、私は彼に大いに惹《ひ》かれた。色っぽい話とは縁がなく、それどころか、たびたび闘っ引きに声を掛けられるうろんな雰囲気となれば、共感度100％である。

その彼が縁あって十歳も年下のおそめと夫婦になるわけだが、それもどちらかと言うと彼の魅力うんぬんよりも、母であるおきくの人徳による部分が大きかったというのが、また泣かせる。当のおきくにも「だって、あんな男だよ」と言われてしまう始末なのだから、いわゆるイケメンの星の下に生まれなかった同性として、彼には心からのエールを送らざるを得ない。

けれど、この喜十ほど、「男は顔じゃないよ、ハートだよ」という言葉を強く思い出させてくれる人物もいないであろう。

いや、何もサッパリとした粋《いき》な性格というわけではない。隠密廻《おんみつまわ》り同心の上遠野《かとの》平蔵の依頼に快く応《こた》えることは稀《まれ》だし、彼のツケを忘れることは絶対にない。恋女房のおそめから、「奉行所のお役人に頼りにされるなんて、お前さんは果報者ですよ」と言われても、便利に使われることに不平をこぼしつつ、それでも上から目線の侍には勝てず、口をへの字に曲げながらも働いてしまう。けれど、そうする中でも、事件に関わった人間たちが幸せになれるように心を配るところが、実に心憎いのだ。

古手屋は、すでにご存じのように、古着を商う店である。庶民の暮らしに密着した商売であるゆえに、そこには様々な人物が訪れ、また情報も集まってくる。時には人形を子供と信じ込んだ娘が、その服を買いに来たりもする。

その中で喜十は、あくまでも一介の生活者の分から外れようとはしない。何度勧められようと上遠野の小者にならず、ただツケを減らすという名目のもとに働くのだが、もともと目端の利《き》く男なので、散らばった出来事を見事に繋《つな》げて事件を解決に導いていく。

それだけの才覚があるのなら、いっそ十手持ちになり、華々しく事件を解決していく道を考えてもいいと思うのだが、そんな道を喜十は選ばない。彼はあくまでも商売人として、あるいは生活者として、町に関わろうとしているのだ。

その喜十の視点が、この『古手屋喜十 為事覚え』の最大の魅力であると思う。

現代もののミステリーでも、その主人公が刑事であったり、刑事崩れの探偵であったりすることが多いが、彼らはその職掌ゆえに、多くは〝狩る者〟であり、〝裁く者〟である。むろん彼らも、作品の本筋以外のところでは生活者であるのだろうが、そこを語られることは少ない。

喜十には彼らが持つ、ある種の特権意識のようなものが微塵《みじん》もない。むろん曲がったことの嫌いな喜十であるが、世の中には為《な》せることと、為せざることがあるのを、十分に承知しているのだ。

そんな喜十が、恋女房のために男を見せたのが『仮宅』の一場面だ。

彼はおそめを悲しませたくない一念から、遊女屋である巴山屋《ともえやまや》の仮宅に出向き、病気の妹のために逃亡した遊女・田毎《たごと》の罪を大目に見てくれるよう、懇願する。けれど忘八者の巴山屋の主人は、それを突っぱねたばかりか、喜十を笑うのだ。

ここで珍しく、喜十がキレる。

「わっちは只《ただ》の古手屋の親仁《おやじ》じゃねェぜ。こちらの八丁堀の旦那《だんな》と懇意にしている者だ。手を出せば火傷《やけど》するぜ。ああ、吉原の見世が焼けて、とっくに火傷を負っていたかい？」

私はここで、思わず「やったな、喜十」と呟《つぶや》いたのだが、しょせんはそれも蟷螂《とうろう》の斧《おの》——田毎の運命を救う力にはなれない。上遠野の名前を笠《かさ》に着るというのも、彼らしからぬ言動だ。

この物語の幕切れには、ふとアメリカン・ニューシネマと呼ばれた一連の映画作品のやるせなさのようなものを感じたが、現実はこんなものであろう。残念ながら奇跡のようなことは、この世の中ではあまり起こらないのだ。

けれど、そんな世の中で私たちは、多くの喜びと悲しみを綯《な》い合せながら、日々を暮らしていく。それが生きるということなのかどうかはわからないが、生まれた以上は生きて行くしかないのだ……という思いを、本書を読んで私は強く持った。そして、その道中には雨風ばかりでなく、花もあり、陽だまりもある、とも。

この物語は、あくまでも市井《しせい》の人々の物語である。

喜十の目を通して、その世界に接することで人々の喜怒哀楽がリアルに伝わってきて、一時、江戸の町の住人になったかのような錯覚を楽しむことができた。また私は時代小説のいい読み手ではないが、当時の風俗や習慣が生き生きと描かれ、新しい知識に接する喜びもあったことは言うまでもない。遊郭の仮宅営業など、不勉強な私はまったく知らなかった。

いろいろな意味で素晴らしい読書体験であったが、最後の『糸桜』で捨て子の捨吉が喜十夫婦のもとに訪れ、ますます物語から目が離せなくなっている。ちなみに、続刊の『雪まろげ 古手屋喜十 為事覚え』がすでに刊行されているが、冒頭の捨吉のエピソードがたまらなく切ないものになっているので、ぜひ合わせてお読みいただきたい。

ここ数年、必ず年末には宇江佐真理さんにお会いする。

某出版社の大がかりな年末パーティーから流れ、宇江佐真理さん、諸田玲子さん、プラス私の三人に編集者さんたちを加えたメンバーで、こぢんまりと忘年会をやるのが定例になっているのだ。

もともとは宇江佐さんが諸田さんとお二人で、パーティー後に女子会を開いていたそうだが、何年か前に会食している場に私が偶然に訪れ、それ以後、毎年誘っていただけるようになった。関西生まれの血がそうさせるのか、私は何より冗談を飛ばすのが好きなので、そういう騒がしい部分が気に入っていただけたのだろう。実際、宇江佐さんもよく笑う方なので、私たちの忘年会は、毎年やたらと賑《にぎ》やかだ。

宇江佐さんとお会いするたびに感じるのは、その生活者としての健全さである。

小説家に不健康な夢を求める向き（いわゆる、芸のためなら女房も泣かす……のを是《ぜ》とするタイプの人たち）をガッカリさせてしまうかもしれないが、宇江佐さんは本当に健全な人である。叱《しか》られるのを覚悟して言ってしまえば、いわゆる〝ふつうのお母さん〟なのだ。

執筆も家事をこなしてから取りかかられるそうだし、近所のスーパーで買い物する時は、ちゃんとポイントが二倍になる曜日を選んで行く。ご主人のことを聞き出そうとすると、どこか照れた風情《ふぜい》になるし、おまけに愚痴や悪口みたいなものを一切口にしない。息子さんたちの話になると、本当に優しいお顔つきになって、「こんなオカンがいたら、幸せだろうな」とつくづく思わされる。

一度、酔った勢いでそう言うと、宇江佐さんは、文壇での私のお母さんになってくれると言ってくださった。勿体《もったい》ない話である。おまけに私の母というには、お若すぎる。

けれど心中ひそかに、そのお言葉に甘えている部分があって、会えば大先輩に対して、ずいぶん馴《な》れ馴れしい態度を取ってしまっているな……と、自分でも思うことがある。宇江佐さんの笑う顔が見たくて、つい冗談の量も過剰になり、結果的には相当疲れさせてしまっているに違いない。

まったく反省しきりだが、そういう部分を改めようとしたら、たぶん当の宇江佐さんに叱られてしまうだろう。過ぎた遠慮や、必要以上の他人行儀を嫌う人なのである。

昨年の暮れにお会いした際、体調を崩されたことをうかがって、本当に息の止まる思いだった。われらの宇江佐さんが、それでへこむとも思えないが、何せサバサバした人なので、こちらが怖くなるようなことも平気でおっしゃる。そのたびに、本当に胃がキュッと縮んだ。

文壇の不肖の息子としては、何よりも体調を整えてくださるのを優先していただきたいが、この『古手屋喜十 為事覚え』のシリーズを、『髪結い伊三次捕物余話』シリーズと双肩《そうけん》を為すものにしていただきたいとも願っている。

おそらく宇江佐さんなら、どちらも簡単にやってしまうに違いない。

（平成二十六年一月、作家）

この作品は平成二十三年九月新潮社より刊行された。

古《ふる》手《て》屋《や》喜《き》十《じゅう》 為《し》事《ごと》覚《おぼ》え

新潮文庫　う－14－6

平成二十六年　三月　一日　発行
平成二十九年　九月二十五日　四刷

著者　宇《う》江《え》佐《ざ》真《ま》理《り》

発行者　佐藤隆信

発行所　株式会社　新潮社

郵便番号　一六二—八七一一
東京都新宿区矢来町七一
電話　編集部(〇三)三二六六—五四四〇
　　　読者係(〇三)三二六六—五一一一
http://www.shinchosha.co.jp

価格はカバーに表示してあります。

乱丁・落丁本は、ご面倒ですが小社読者係宛ご送付ください。送料小社負担にてお取替えいたします。

印刷・大日本印刷株式会社　製本・憲専堂製本株式会社
© Hitoshi Ito 2011 Printed in Japan

ISBN978-4-10-119926-9 C0193